U0007729

漫時光

高寶書版集團

目錄

CONTENTS

壹・青瓦閒作坊

亂世，京城。朱門酒肉臭，路有凍死骨。

一架寬大的板車在郊野小道踽踽而行，四個輪子碾在地上，周身呻吟不停，只怕一跑快就會散架。夜色薄霧中，隱約可見車頭掛著一盞紅紙燈籠，濃墨在上頭寫著一個隸書的「蘇」字。字跡漆黑，紅紙鮮豔欲滴，照亮三尺遠的道路，在這初春夜裡顯得格外詭異。

拉車的是幾匹騾子，跟那板車一樣不得勁。趕車人裹著一件大皮襖，縮著脖子埋著頭，晃悠地打瞌睡，有一下沒一下地打著騾子。前方路上忽然傳來一聲震嚇：「呔！錢財留下，要命的快滾！」三個高大的漢子當先攔住板車，其中一人點起一支火把。

騾子猝然止步，那輛車「嘎」的一聲停下。空氣中是沁人心脾的冷冽，郊野的空曠透出一股寂靜，使得那頭騾子跺蹄的聲音空洞地迴響。趕車人仍然縮著頭，裹在皮襖裡動也不動，在火把微弱的光線中看不清其面目。

三個攔路的盜賊互看兩眼，覺得有些古怪。為首的那人方臉闊額，膽子最大，搶上前去揭開板車上的氈布。車上堆著高高的貨物，那人拿火把細細一照，上面全是木材。外面散放著幾塊棺材板，都繫著繩索。木料最高處，卻赫然放著一具舊棺材，斑斑駁駁還沾著泥土。

那剪徑[1]的漢子心底生寒，才一起怯心，就聽見棺材裡傳出夜貓子似的嘶聲怪笑，聲音又

1 剪徑：攔路劫財

尖又邪，「嘎嘎嘎」地響了三聲，站在趕車人前的兩名盜賊嚇得跳起來。見趕車人緩緩抬起枯老的雙手，抱著脖子轉了兩下，竟然把頭擰下，胸腔裡「咕嚕嚕」兩聲喉音，含混沙啞道：「拿去……吧。」

趕車人捧著手上的頭，一張乾枯慘澹的死人面孔，赫然出現在兩人眼前，眼珠突出、目下流血，既慘烈又恐怖。三個漢子瞬間跳起來，一邊喊著「啊——鬼呀！」一邊落荒而逃。雖是年輕力壯、身手敏捷，卻因為驚嚇，逃得跌跌撞撞、連滾帶爬。

車頭上的紅紙燈籠在剎那間熄滅，周遭一片黑暗，半晌，輕微的揮鞭聲響起，騾子們再次起步，板車慘叫著往前奔去。車上的棺材裡發出聲響，過了片刻，棺材蓋被抽開，一個纖巧的人影靈活地從黑暗中爬出來。那個人影將棺材蓋推好，拉著繩索走到板車車頭，坐到無頭的趕車人身旁，不知道從哪裡摸出一個火摺子，搖了搖，小心地摘下燈籠罩，將熄滅的燈芯點燃。在淡淡的燈光下，一個年僅十四歲左右，眉目清秀的少女吹熄了摺子上的火苗。

那名少女雖穿著一身男裝卻掩不住俏麗，望著趕車人，銀鈴一般地笑道：「快走到城邊大路了，出來透透氣。」說著，便一手奪過趕車人抱著的人頭，一手解開趕車人的衣領。趕車人伸了伸脖子，從衣領中露出腦袋，滄桑的臉上寫滿笑意。少女捏著嗓子，用剛才那怪笑聲「嘎嘎」地笑了起來，一老一少相顧大笑。

少時離了小道，走上進城的官道，天光已透青白，趕車的中年人咳了一聲，道：「少東家，外面冷。」

蘇離離搖了搖頭，沒有回答，忽然看向拿在手上的木雕鬼腦袋，對著人頭做了個鬼臉，揚手將其扔到車後的木料堆裡，笑道：「這些強盜，殺人放火都敢做，卻怕鬼。」聽著板車「吱吱」地響，又道，「程叔，車該修修了。」

程叔趕著車，嘆道：「連京城邊上都出現強盜，這個天下果然亂了。少東家，妳今後別跟車了，路上不平。」

蘇離離卻笑得格外燦爛，「千虧萬虧也虧不著我們，越不平，我們越能賺更多銀子。」她望著漸漸清晰的道路，仰頭哼起一首婉轉的山歌，悠揚的歌聲一路唱進城裡，街市也漸漸甦醒。

板車駛過如意坊後面的菜市場，停在街角的一道小門前。蘇離離俐落地跳下板車，一邊找小門的鑰匙，一邊對程叔道：「你買點菜，我去前面開門。」

程叔就近買了兩枝筍子，賣菜的農家早已認識他們，望著蘇離離開了小角門進去，笑道：「老程，又去拉板材啦？你們家離離可真不容易啊，小小年紀就獨立經營鋪子。」

程叔回道：「祖上傳下的，守著過活吧。」

賣豆腐的田嬸也插話道：「今年夏天一過，離離也要十五歲了，這眉目俊俏得像個大姑娘似的。」這回程叔笑而不語。

遠遠地，只聽蘇離離大聲叫道：「啊——誰死在我家門口，可真會挑地方！」

代寫書信的王先生搖頭輕嘆：「就是粗鄙了些。」

程叔連忙放下手上的菜，轉過街角，走到鋪子大門前。

蘇離離抱著一塊門板，皺著眉、咬著唇，糾結地注視著地面。門前的臺階上果然趴了一個人，衣衫襤褸，滲著暗紅的血跡，動也不動，不知死活。

程叔搶上前將那個人翻過身，拂開他臉上的亂髮，叫道：「小兄弟，你醒醒。」

那人唇色慘白，面目瘦削，喉頭湧動兩下，卻怎麼也睜不開眼睛。

蘇離離擱下門板往外走，程叔問：「妳要幹什麼？」

蘇離離道：「他還沒死，我叫官府來把他帶走。」

程叔回：「離離，把門打開。」

蘇離離立刻站住。程叔平常都稱她為少東家，一旦叫她離離，她也不好抗拒程叔說的話了。於是她轉身又拆下一塊門板，而程叔抱起那個人，進了鋪子大門。蘇離離轉身，見門前聚了些人，憐憫的少，看熱鬧的多。有人笑道：「那孩子是看準地方，跑到棺材鋪來死，嘻嘻。」

蘇離離心頭惱火，冷笑一聲，「可沒錯，他是個會挑地方的，你死了的話，可別挑到這裡來。」說罷，也不看那些人，徑直進了大門，將門板對上，「砰」的一聲按實了，只留下鋪面門楣上的「蘇記棺材鋪」幾個大字，映著朝陽熠熠生輝。

蘇離離穿過鋪面正堂排列整齊的成品棺材，斜插過一道影壁，到了後院。後院原是個天井，堆著散亂的木材，各種木板一應俱全。

蘇離離直奔到樓梯下的小角門，往小工住的臨時木閣走去。程叔正半扶著那個人，餵他喝清水。

那人沒醒，卻將水咽了下去。身上的衣服又髒又破，左腿褲管更是沾滿血跡。程叔緩緩地捲起他的褲腳，蘇離離倒抽一口冷氣。小腿上的傷口猙獰腫脹，骨頭幾乎要戳出來。蘇離離瞠目結舌道：「他……他……怕是活不下來了，你把他弄進來，難道要讓他死在我家裡？」

程叔嘆道：「他不過是個孩子，死在這裡也好過曝屍荒野。」

蘇離離手指一點，鏗鏘有力地說：「他要死在店裡，我只有薄皮匣子可以給他！」話音剛落，順著自己纖長的手指，便見那人不知何時睜開雙眼，正幽幽地望著自己。他的面目雖染著髒污，眼珠子卻烏黑明亮，眼神冷冽而沉靜，像失群的幼獸，既膽怯畏懼又戒備凶狠。

蘇離離被他望得愣愣的，猝然收回手，拔腿就往外走。程叔叫道：「妳又要去做什麼？現在的官府哪會管這些事？」

蘇離離一邊走一邊仰天長嘆，「無事出門就破財，這回破財破到家裡來。我去找個大夫！」

接近傍晚時，大夫晃悠地帶著小學徒離開棺材鋪，順便帶走足夠她吃喝半年的五兩四錢的銀子。蘇離離暗自心痛之餘，跌足懊悔，怎麼這麼蠢，竟請了個最好的大夫。不僅幫他全身裹了傷，還開了無數的方子，要熬給他喝上幾個月，這下子真是虧本虧大了。

蘇離離憤憤地切著豆腐，撒了幾顆鹽。為了這小子，她歇業一天，上門做活的木工也被她打發回去了。到了吃晚飯的時候，程叔卻不得不去送貨。她將肉末整齊地排在嫩豆腐上，擱到水氣繚繞的蒸籠裡用小火蒸著，又走到外面院子的菜畦裡，摘了四顆蔥翠的青菜。她把青菜拿到廚房，將葉子摘掉後洗乾淨，想了想，細細地切碎，用蝦米碎菇煮爛收汁。

待青菜燒好起鍋後，蘇離離便把蒸籠的蓋子揭開。上層是鮮嫩細滑的豆腐肉末，下層是鬆散清香的米飯。她用一個白瓷敞口碗各盛一半，添了兩碗美味多汁的青菜，最後把碗端到木閣子裡。

大夫在下午幫他正骨的時候，他便昏了過去。這個人真是倔強，死死咬著牙，不肯出聲，眼睛一翻就昏過去了。把蘇離離嚇得還以為他真死了。

蘇離離擱下碗，坐到床邊，用手指戳他的額頭，「喂，醒醒。」

那人不動，睡臉上的血跡和泥漿已經洗乾淨了，看起來青澀稚氣，雖然臉色蠟黃，卻是劍眉薄唇，鼻梁挺直。蘇離離齷齪地想：他這副樣子是手不能挑，肩不能扛，委實很沒用，一張臉倒長得挺不賴的，說不定賣到那個地方，還能做個紅牌……

她正胡思亂想著，那人突然動了動。蘇離離趕緊推推他的肩膀，「你快醒醒，再睡就要餓死了。」那人一醒便微微皺了眉，待睜開眼睛看到蘇離離，神色再次變得平靜又冷淡。

蘇離離很是不悅，罵道：「疼就疼吧，裝什麼樣？撐死的英雄，餓死的好漢，這裡有飯有菜，你有本事就別吃，省得放低你的身段！」她把碗重重一敲，端起來，用勺子扒開飯菜，頓時鮮香四溢。

那個人咬牙望著她。蘇離離道：「想吃嗎？」

他彷彿下了很大的決心，才微不可察地點了一下頭。

蘇離離嘻嘻一笑，「你若還這樣惡狠狠地看著我，我便不給你吃。你縱然恨得我咬牙切齒，也只能活活餓死。」

那人眸子一低，不再看她，只望著床沿。此時他俯首低眉，顯得比先前冷然的樣子更加無助。蘇離離心頭一軟，放下碗，將他扶起來，嘴裡卻道：「現在才知道低頭，白白被罵。」她幫他塞好枕頭，讓他半倚在枕上，端著碗，餵他吃著一勺勺的飯菜。

豆腐入口即化，青菜也切得極碎，無須費力便可咽下。那人默默地咀嚼，眼神不再凌厲，卻異常沉默。蘇離離餵他吃完，放下碗，用手帕幫他把嘴擦乾淨，又端了水來餵他。那人也喝了，蘇離離便問：「你叫什麼名字？」

他漆黑的眼珠子不看蘇離離，卻望著虛空，不答。蘇離離皺眉道：「怪不得你連正骨都不叫喚，原來是個啞巴啊。不知道上輩子做了什麼惡事，這輩子業報現眼前。」

他額上的青筋跳了跳。就在蘇離離端著碗準備離開時，他忽然開口，沙啞地問：「什麼是薄皮匣子？」

蘇離離萬料不到，這人的第一句話竟是問她這個問題，愕然半晌才反應過來，「就是廢料做的薄棺材，一百錢一具。」她咽了下口水，「那個……實在沒錢，白送也行……」因她早晨說過要做薄皮匣子給他睡，此刻見問不由得心虛，聲音便少了氣勢。

「我的腿怎麼了？」他仍然望著床沿，淡淡地問。

「骨頭折了，大夫已經幫你正好了。」

「能好嗎？」

「若是骨頭接得好，你也好好休養，不一定會殘疾。」她把大夫的話照樣說了一遍，心裡詫異，怎麼他才像是主子，而她倒像個奴才，有問必答。

他聽完，不再問，慢慢撐著身子躺下。

蘇離離愣了半天，覺得不對，此人不明事理，需要跟他說明白，便徑直走到他面前，一手端著碗，一手指著自己道：「喂，你記住了。我，叫蘇離離，就是『離離原上草』的那個離離。我救了你的命，是你的救命恩人。」

他默默地看了她兩眼，漠然道：「我知道了。」

絲毫沒有銜環結草的感激之情。蘇離離有些來氣，指著他道：「你叫什麼名字？家住哪裡？何方人氏？有錢沒錢叫你家人來贖你？」

他閉著眼睛道：「沒家沒人，更沒有錢。」

「連名字也沒有？」

「沒有。」

蘇離離看他倒在那裡，有氣無力，咬牙道：「你別以為我好心救了你，你就可以白吃白喝耍無賴。沒錢就來當小工，沒名字的話，我就幫你取一個。我滿院子都是木頭，你從今天起就叫木頭了！」

她自然是不等他答，轉身出去時，將那破木門摔得「啪」的一響。

第二天一早，天剛濛濛亮，蘇離離便起床洗漱。晨曦中的後院靜謐清新，從井裡汲來的水如流晶泄玉般，在她指間流動，涼涼的觸感讓蘇離離忽起了玩心，一揚手，一串水珠灑了出去。她仰頭看見院外的一棵黃葛樹，正抽著嫩黃淺綠的新葉。

古來文人騷客多，愛詠春傷秋，蘇離離唯獨不喜秋天。天氣實如人之心性，隆冬嚴寒，盛夏酷暑，都是至情至性，毫不做作。春天萬物欣然，如人微笑；秋天卻似幽閨怨婦，雖是色衰傷情，偏不肯痛快零落，只是哀婉個不停。

蘇離離洗完臉，略略澆了一下菜地，覺得離那怨婦還有大半年光景，心情甚好，提了水便去廚房做飯。不久後，便端一碗甜米粥，推開角落裡那間小屋的門。

那塊木頭睜著眼，望著屋頂敧斜出來的一塊板子，見蘇離離進來，勉強讓目光落在她身上。

蘇離離將他扶起，自己坐在床沿，用勺子挑著粥，香糯清甜。那人臉色不似昨日蠟黃，卻蒼白得沒有血色，唯有那雙眼睛仍清冷犀利。蘇離離將勺子伸到他唇邊，他便抬手道：「我自己來。」聲音低沉，卻帶著沙礫相撞的清越。

蘇離離隔開他的手，冷笑道：「自己來？你一會兒就得離開這裡！」

他並不訝異，眼神微微一沉，蘇離離頓了頓，接道：「叫你搬到東面的那間空屋去，嘻嘻，你也要自己來嗎？」

這本是個小玩笑，他卻很不賞臉，抿著薄唇道：「為什麼救我？」

蘇離離覺得此人防備之心太過，性子又冷，便收起玩笑的態度，正色誠懇道：「不是我要救你，是你要死在我家門口，你若死在我隔壁的門口，我連花板的薄皮匣子都不送。既然救了你，你只要待在這裡，我便不會餓著你、凍著你；你若有仇家尋到這裡，我也護不住你，這是你的命，你明白嗎？」

蘇離離說得分明，他聽得清楚，點了點頭。

蘇離離展顏一笑，讚道：「很好，我喜歡明白人。」她舀起一勺粥送到他唇邊，「昨天才剛把木材拉回，吃完飯後我還要忙。這個屋子潮溼，你的筋骨有傷，住久了會落下病根。東面還有一間廂房，堆著東西，一會兒等我收拾好後，你就去那裡住。」

她再舀一勺，又餵到他唇邊，「你叫什麼，當真不說，我就叫你木頭了。」他竟點了點頭，蘇離離便笑道：「木頭，你多大了？這總不是祕密吧。」

木頭注視著蘇離離半天，緩緩吐出兩個字：「十四。」

「你的傷一時半會兒好不了，以後叫我少東家吧，過兩天再看看你能做什麼。」蘇離離淡淡道。

「我？」木頭惜字如金。

蘇離離眉毛一挑，「難不成要我白養著你？你要是覺得叫東家會折了你的身分，叫我大哥也行。」

「妳？」他聲音更高。

蘇離離不再應他，端了碗要走。木頭打量她兩眼，悶聲道：「妳多大啊？」

蘇離離嗤笑一聲，「還不服氣？你十四，我十五，你不該叫我大哥嗎？」

吃完飯，蘇離離燒了熱水，讓程叔提到澡間，將木頭擦擦洗洗，換藥。木頭腿上有傷，打著木夾板，身上也有多處外傷，一洗洗了大半個時辰。趁著他梳洗，蘇離離騰出東屋，掃淨積塵，鋪了洗淨的棉褥。雖是最普通的藍棉布，卻散發著淡淡的潔淨氣息。少時，程叔將木頭背過來。蘇離離多的是男裝，挑了兩件給他，穿著有些嫌小。

蘇離離扶起木頭，讓他倚床坐好。伸手推開一旁的窗戶，太陽已經升起，陽光慷慨地灑進房中，照在木頭的臉上。木頭闔上眼，微仰著頭，深吸一口氣，仿若隔世重生。蘇離離見他舒展開來的樣子，心底似有泉水細細流動，柔聲道：「等你傷好了，我帶你去郊外逛逛。」

木頭微微睜開眼，陽光映在他的眼睫上，像鍍了一層金。他的唇角輕輕扯起一道弧線，笑容雖淺淡，卻如和風暖陽。蘇離離抬頭看去，窗外三分春色，平添了一分。

棺材鋪的生意從不會門庭若市，也不會顆粒無收。蘇離離的鋪子在如意坊的最尾端，因為她家的棺材做工精良，在京中小有名氣。

柏、樟、松、楠，應有盡有；方圓闊窄，各成氣象，雕花意態峭峻，彩畫栩栩如生，板間嚴絲合縫，滴水不漏，用朱砂打底，大漆罩面。幾道漆下來，棺木鋥亮如鑒，屈指一叩，聲如瑠玉。

蘇離離對著帳本訂單安排活計，每天上午，木工師傅都會過來把板裁得曲直合度，張師傳援刀雕刻，蘇離離調漆勾繪，程叔拉板送貨。生意不疾不徐，不飽不飢。

既然木頭不肯吐露一字，蘇離離便一字不問，只對人扯謊說木頭姓木，雍州人，家人死在戰亂中，他孤身流離，落腳在此，留在店中幫忙程叔。

世間一隅靜好，卻是乾坤繚亂。放眼天下，各州兵馬並起，因怕擔了反叛之名，成為眾矢之的，還不曾有亂兵入京。外面州郡已是兵荒馬亂，四野奔逃。個把流民，官府不管，百姓也見怪不怪。木頭之事也被蘇離離順理成章地遮過去。

程叔抽空做了兩支拐杖。月餘之後，木頭傷勢稍癒，雖整日沉默，偶爾也挾著兩支拐杖，單著一隻腳在院子裡走動。

蘇記棺材鋪，前門臨如意坊，後角門卻在百福街。蘇離離平日坐在大堂，偶爾往後院看看活計。

後院九丈見方的空地便是做棺材的地方，從左至右，從整木到成板，零落散放。

院子東西分廂，各占兩間。蘇離離住在西面第一間，隔壁是個大書房，四壁書櫥，積塵厚薄不一。木頭隨手翻出幾本，卻是天文地理、人物雜記、經史子集，無所不有。而程叔住在東面的第二間廂房，如今，木頭住的便是第一間。

從窗戶望去能見著一塊蔥翠的菜地，是個院外之院，穿過東牆小門就可以走到那裡。

院裡一口水井，波瀾不驚。井側卻是一道葫蘆架隔出的蔭涼，葫蘆蔓攀爬著架子，作勢要結果。白牆青瓦外，長著一株粗壯的黃葛樹，上面掛著滿樹的黃桷蘭，清晨落入院中，幽香四溢。一牆之隔，意趣橫生。

木頭行走不便，幫不上什麼忙，常拈了一本書，坐在小院曬著太陽看。這天午後，院落寂靜。蘇離離對了一遍訂單上各家棺材的進度，一一記下，閒下半天來，便去後院洗了兩件衣服。

她挽起半截袖子，白皙的皮膚映在水裡，明澈得晃眼，在搓衣板上揉著衣服，抬眼見木頭坐在葫蘆架下，直直地看著自己，蘇離離微微一笑，問：「木頭，你知道什麼叫做棺材臉嗎？」

木頭的眼神像是感應到不妙，應著她的聲音黯了黯。蘇離離已接著說道：「你若是一塊木頭，我把你砍砍削削做成棺材，和你成天掛著的這張臉像極了。你既是個人，這張臉該笑就笑，該哭就哭，該悠閒就恬淡適意。我這個鋪子只賣棺材，別人看見你，還以為我額外奉送哭喪的孝子賢孫。」

她一番搶白，木頭的表情非但沒有靈活生動起來，反而更像一具棺材。蘇離離眼波流轉，笑意怡然，牽起衣裳抖了抖，散晾在竹竿上。正當她潑了水，拿著盆子要往裡走，後角門上傳來三聲響，有人扯著嗓子喊著蘇離離。

蘇離離放下盆子去開門，一個短衣亂髮的方臉少年，扛著一根扁擔站在門外，正是這條百福街上的閒人莫大。莫大大概十七歲左右，有娘生沒爹養，整日混跡市井，幹的營生並不光明。蘇離離覺得他義氣，不論他做什麼，也結交起來。

莫大晃著扁擔進來，蘇離離好奇道：「你不在正堂叫我，跑到後角門來。恰好我在這裡，不然叫破嗓子也未必聽得見。」

莫大咧嘴一笑，露出白森森的牙，「棺材鋪的大門都是買棺材的人進的，誰沒事去找晦氣。」

蘇離離便趕人，「是，是，我這裡晦氣，你快去找個吉星高照的地方。」

莫大一眼看見坐在葫蘆架下的木頭，雖穿著布衣素裳，翹著一條腿，卻掩不住清貴態度；雖一言不發，卻足以令人自慚形穢。世人有高下之分，有貴賤之別，有時是超越性格與心志的。

見著比自己優越的人，往往心生憤恨；待見這人落難，便心滿意足。

無論歡喜與冤家，總不能彌合差別，共做一群。這，也許就是所謂的階級。

而莫大，一眼瞧見木頭便不順眼，對蘇離離道：「聽說妳上次救了一個叫化子，就是這小子啊？」

木頭斜斜地靠到椅背上，也不見惱怒，只是默然不語。

蘇離離嘆了口氣道：「他家人離散，可憐得很，我認他做我弟弟，你別叫化子、叫化子地喊。」

莫大皺起眉頭道：「本來就是叫化子，敢做還不讓人說嗎？」

蘇離離仰頭看了他兩眼，皺了眉，對木頭道：「這是街道對角莫家裁縫店的莫大。莫大是個諢名。」她轉頭看了莫大一眼，抑揚頓挫地說，「他的大名叫莫尋花。」

木頭原本一語不發，此時卻極有默契，不鹹不淡道：「名字風雅，兼且湊趣。」

莫大的臉頓時漲紅，大是不悅道：「離離，妳……」

蘇離離和藹地笑著：「你什麼你，我還不知道你口吃。」她轉向木頭，款款道，「莫大哥的爹早年逛窯子[2]，與人爭鋒時失手喪命。他的娘親開了一間裁縫店來拉拔兩個兒子，幫他取名叫莫尋花，他還有一個兄弟，叫莫問柳。」

她清脆地落下最後一個字，木頭連眼睛也不抬，毫無起伏地接道：「字字血淚。」

蘇離離「哈」地一笑，只覺得木頭被她刻薄時無辜得可愛，損起人來也分毫不差。

老子逛窯子被打死可謂窩囊，還偏偏給兒子取了一個富有紀念意義的名字。莫大生平最恨別人叫他莫尋花，蘇離離今天偏要揭他短，他頓時覺得在木頭面前少了氣勢，苦臉道：「妳就這麼護著他，他給妳銀子了？」

2 窯子：性交易場所，又名「妓院」。

蘇離離擦著手道：「我說了，他是我弟弟。你找我有事？」

莫大道：「我聽別人說，定陵太廟鬧鬼鬧得厲害，今晚想去捉一捉。即便捉不著，也可以見見世面，妳要不要跟我一起去瞧瞧？」

蘇離離大笑，「你去挖墳盜墓我還信，捉鬼？你騙鬼吧。」

「妳該不會是膽子小，不敢去？」

蘇離離笑著搖頭，「我不受你激，大半夜的不睡，跑去墓地閒逛。你要去，我別的沒有，看在朋友一場的分上，大方一回，倒是可以白送你一具杉木十三圓。」

莫大「呸」的一聲吐在地上，「妳也太不仗義了，這不是在咒我？」見木頭望著他吐的口水皺眉，大聲笑道，「我以為妳照顧這個瘸子弟弟肯定悶壞了，才趁著天氣好，約妳出去逛逛。妳既不想去，那就罷了。」

說完後抬腳要走，蘇離離叫道：「等等。」她黑白分明的眼珠子，水潤光澤，斜睨著一轉，道，「我至多給你放風，說吧，什麼時候？」

「酉時三刻，我在這個角門外等妳。」莫大指指角門，大步離去。

蘇離離應著，回頭見木頭默然看著莫大走遠。

蘇離離撲到他的椅邊，蹲下笑道：「好木頭，你別告訴程叔。我悄悄地去，悄悄地回來。」她一聲「好木頭」叫得未免太親熱，直接把木頭叫得皺起了眉。本是光潤華貴的椴木，也皺成橫七豎八的黃楊渣子。

蘇離離不管他的冷淡，按著他無傷的右腿膝蓋搖了搖，一臉諂笑地站起來，端著盆子進去了。

這天，蘇離離吃過晚飯，在院子裡逛逛，便說頭疼，早早回房裡歇息了。臨去時，程叔毫無察覺，木頭擺著一張棺材臉橫了她一眼，被蘇離離瞪回去。

她回房裡換了一身深色的短衣，紮上褲角，綰起頭髮，扮作小廝[3]模樣。天剛濛濛黑，探頭一看，程叔與木頭已各自回房，白紙糊著的窗櫺上投來淡淡燈火。蘇離離踮著腳，像貓一樣地走過正院，竄出後院角門。

門外的莫大牽著一匹馬，背了個包袱，包袱束得很緊，只有一把方便鏟的鏟頭露在外面。見了她，翻身上馬，蘇離離便踩鐙而上，抓住他的腰帶。

一路越走越荒涼，蘇離離問：「你娘的病還沒好？」

3 小廝：供人使喚的未成年男性僕人。

莫大嘆氣，「怕是好不了了。」

「二哥還是沒有消息？」莫問柳離家一年，音信全無。

莫大搖頭，「沒有消息，再等等看吧。」

少時到了定陵，莫大早已踩好點，引著蘇離離穿丘越陵，往最偏僻的角落而去。定陵，是皇家歷代帝王後妃、文武大臣的陵寢，也是藏金葬玉的寶窟。蘇離離等著他辨認方向時，不知道被什麼蚊蟲咬住手，一邊抓著，一邊皺了眉輕聲道：「這個禁軍也太過瀆職，皇陵荒蕪成這樣。」

莫大嗤笑一聲，「不荒能有活幹嗎？主陵那邊還有人駐著，這些陪葬大臣的墓早已沒人看管了，天天都有人來逛。」逛，是個行話，不言自明。他指點蘇離離道，「妳在那棵矮樹下看著，若有人來，就學夜貓子叫。」

蘇離離應了，莫大身子一弓，摸向前面的方塚。蘇離離也弓起身子，退到那棵矮樹下，趴在地上，泥土和著潮溼的味道直往鼻子裡鑽，蘇離離從懷裡摸出在百草堂買的清涼油，抹在手腕和脖子上，豎起耳朵聽著動靜。

夜色轉深，荒野陵墓間沒有一絲聲響，又似有萬籟千聲。遠方微微起伏的地平線上，七顆明亮的星星排成勺狀。夜空深藍，大地反顯得蒼莽空曠，所謂大象無形，一時激起人的亙古之念。

蘇離離看著那北斗形狀，有些愣怔。

耳邊一絲若有若無的聲響，似有人的輕聲嘆息。蘇離離精神一振，回過神來，細聽之下，那聲音彷彿是從東南面來。她趴著不動，凝神細聽，少時又有幾聲呻吟。

蘇離離好奇，荒野墓地，除了盜墓賊，就是狐狸精，怎會有這種聲音？

她猶豫片刻，轉身往東南方摸過去。行了十餘丈遠，便見一座屋宇的輪廓隱約矗立在一片林木邊，彷彿祭拜的廟宇。蘇離離蹲下身子，慢慢爬近一些，還未落穩腳跟，就聽「啊」的一聲慘叫。

一個聲音低沉地問：「當真不說？」方才叫喚的人虛弱地喘息道：「小人……小人確實不曾找到。葉知秋在十年前……已隱退山林，不問政事。朝廷宮中都不知他的去向……」

蘇離離聞言一愣，眉頭微微皺起，心中思忖個幾回，便貼著地面，如覓食的貓，躡手躡腳地再爬近一些，微窺大廟正殿。

正殿地上橫躺著一人，牙齒已滾在一旁。他身側站了一個人，卻是闊袖散髮，皂衣[4]拂地。看不清兩人的面目。站立的男子身材挺拔，不知道對地上的那人施了什麼刑，此刻只是負手而立，緩緩道：「即便葉知秋死了，那東西總有落處。就是隨他葬了，也必定有葬的地

4 皂衣：下級官吏的服裝。

方。」

地上的那人哀求道：「小人……只掌管宮中採買，此事……實在無從打聽。」

皂衣男子將手輕輕放下，冷冷道：「你既不知道，便不該欺哄主子。」他從懷裡取出一個不大的瓷瓶，拔開蓋子。地上的那人陡然大聲道：「不，不，我……」話未喊完，幾許清亮的液體灑在他身上。那人頓時沒了聲音，只從喉間發出咕嚕的聲音，像是放了水的皮囊，身體在地上癟下去。

一股腥濁之氣瀰漫開來，蘇離離猛然伸手捂住口鼻，半是噁心，半是害怕。眼睜睜看著那人化成一地屍水，只有衣服覆地，蘇離離竟僵了手腳，動彈不得，既想逃跑，又不敢動。只是這一抬手的動靜，皂衣男子似有所覺，已微微轉頭，垂手緩步出來。

他後腳踏出門檻邊，便站住了。夜色青光下，這人臉上如罩著淡淡的寒氣，縱橫蜿蜒著數十道刀疤，彷彿將臉作地，橫來豎去地細細犁了一遍，猙獰可怕。

他的目光緩緩掃過蘇離離趴著的那片草地。

蘇離離捂著嘴，本來不想發抖，然而那隻手卻自己在抖，她止也止不住。

此時此刻，只怕一隻蚊子落在她的手背上，她都能驚得跳起來，何況是後腦勺上有某種東西在靜靜吹動。

脖子帶點癢癢的涼，豎立警戒的汗毛被觸動，蘇離離猛然尖叫一聲，淒厲勝過夜貓子。

一回頭時，一張人臉很近地湊在眼前。

她手腳並用、連滾帶爬地朝著大廟的方向退了幾步，定了定神，才看清身後的這人是個年輕公子。一身月白錦衣，暗夜中略有曖昧的絲光，狹長的眼睛映著星火，清淺流溢，態度竟十分溫和優雅，手撐著膝蓋，正彎腰俯看著她。

蘇離離過了半天才吐出一口氣來，拍著胸口，將一顆心拍回原處。忽然想起那個皂衣人，猛地一回頭時，愣住了。

廟門空空地開在那裡，一個人影也不見。正殿的地上，方才化成水的那人，衣裳也不見了，彷彿是一場幻覺。

蘇離離抬頭嗅了嗅，空氣中淡淡的屍臭味證明這一切並不是幻覺。她努力鎮定心神，從地上爬起來，扯了扯衣角，平平穩穩地對那位錦衣公子拱手道：「月黑風高，公子在此遊玩，真是好興致。」

那人直起身，頗具風雅，緩緩吟道：「月黑殺人夜，風高放火天。」他的聲音聽起來像細砂紙打磨著鋸好的棺材板，光滑低沉。咫尺之距，他雖笑意盎然，卻讓她後背生寒。

她吸了一口氣，道：「殺人放火大買賣，挖墳掘墓小營生。都是出來逛，公子說笑了。」蘇離離假笑兩聲，站起來就走。

剛走兩步，手腕一把被他扣住，手勁如同他的聲音，不輕也不重，「這位公子，方才為何驚叫？」

蘇離離的清涼油抹對了地方，手上有些滑，一掙，脫開了手，她仰頭看他，「因為公子你悄聲出現在我身後，這荒郊野地的，嚇著我了。」

「荒野無人，妳趴在這裡做什麼？」

蘇離離雖不聰明，也不蠢，自不會說她是來盜墓的，更不會說方才看見如此這般的事，張口就編道：「這位兄臺，實不相瞞。在下的父母為我定了樁親事。可我心有所屬，不願屈就。今夜收拾金銀細軟，正要與人私奔。方才是在等人。」

話音剛落，莫大扛著一個又沉又鼓的包袱，鬼鬼祟祟地摸過來。蘇離離暗自哀嘆一聲，闔上眼睛。

莫大的粗嗓子響起，「妳跑哪……咦？這是誰？」

蘇離離睜開眼，綻出個假笑，清咳一聲，嗔道：「你怎麼才來？」

那個錦衣公子打量了莫大兩眼，皺起眉來，三分恍然，三分驚詫，似笑非笑道：「竟是……斷袖情深。」

蘇離離沉痛地點頭，「唉，公子慧眼，此地實是容不得我們如此。今日在此不曾見著一個人，偏被兄臺撞見，還望兄臺切莫聲張，放我們一馬。」

莫大沒讀過書，聽不懂什麼斷袖不斷袖，以為盜墓之事敗露，從包袱裡摸出一個金杯，遞給錦衣公子道：「兄弟，你既撞見我倆的事，就把這個收下吧。」

蘇離離想也沒想，一把拉住他的手，怒道：「你怎麼這般大方，今後還要吃喝用度！」

錦衣公子的目光在他二人身上掃了兩遍，頷首道：「公子是個妙人，他卻俗了些。」說著，一指莫大。

蘇離離嘆氣，「正是，我說過他很多次，他還是這般庸俗，竟想拿金銀俗物來褻瀆公子高潔的情懷。」

錦衣公子聞言，笑得如曇花夜放般粲然，伸手掂起蘇離離的下巴，「妳既知我高潔，何必跟他一處。不如跟我走吧。」

莫大雲裡霧裡地聽完前面幾句，終於抓住最後一句的用意。跟他走？原來是一路的。他上上下下地看著那位錦衣公子，驚道：「兄弟，原來你也是……」

「來盜墓」三字還未出口，卻被蘇離離打斷，她深沉地說：「公子固然也斷袖，我卻不忍負這俗人。但得知心人，白頭不相離，便是煙火紅塵的真意了。」她說著，不動聲色地撥開他的手指。

錦衣公子瞇起眼睛盯著她看了片刻，忽然仰頭讚道：「好，好。」

蘇離離見他高興，一拱手，「告辭了。」一把拉著莫大鼠竄而去，決然不敢再回身去看。

荒野有風獵獵吹過，錦衣公子迎風而立，看著他二人遠去。身後有人低低道：「主子怎放他們走？」

錦衣公子默立半晌，伸手似要抓住吹送而來的風，手上飄來一點淡淡的薄荷香味。他輕笑道：「這個小姑娘挺有趣的，查查她是什麼人。」

他身後的皂衣黑影一掠而起，緊追過去。

馬兒緩步走過百福街時，莫大問：「啥是斷袖？」

蘇離離想了想，說：「就是盜墓。」

「怎麼聽起來怪怪的？」

「文人的說法。」

他們停在棺材鋪的後角門，蘇離離跳下馬來，道：「你把東西拿去辦，我先回去了。」她推開角門，在漆黑中走過井臺，眼角餘光瞥見葫蘆架下的石臺階上，有個若有若無的人影。蘇離離嚇得如兔子般跳起，已看見橫在旁邊的拐杖。

黑暗中的木頭低聲說：「妳怎麼了？」

蘇離離緩過口氣，走過去，怕程叔聽見，也低聲道：「嚇著了。」

「沒事吧？」

「沒事。」她依著石臺階在他旁邊坐下。

兩人默然半晌，木頭忽然說：「走了。」

「什麼？」蘇離離不解。

木頭的聲音波瀾不驚，「跟著妳的人走了，方才就在外面。」

蘇離離吃了一驚，瞬間想到那個八爪臉，不由得往木頭身邊擠了擠。木頭冷哼了一聲，蘇離離拉著他的袖子，討好道：「木頭你真好，不枉費我救你一場。這麼晚了，見我不回來還在這裡等我。」木頭張了張嘴，聽那聲氣像是要反駁，卻又生生停住，大概沒有想好理由。

悶了片刻，冷冷道：「做什麼不好，去盜墓！」

此刻的蘇離離巴不得他跟自己說話，好忘記那張八爪臉，忙編著解釋：「那個……我挖墳掘墓的目的和別人不一樣。我主要是想看看各種木料，哪個最耐用……以及，發掘一點古典的樣式……」

木頭忍不住哼了一聲，卻笑了，蘇離離打鐵趁熱，楚楚可憐，「今天差一點就回不來了，你就再也見不著我了。」

木頭的口氣果然緩和許多，道：「那人內力深厚，內功卻是江湖異路。真氣不純，必是修習了駁雜的心法。」

「你連這個都知道？」她覺得他未免信口開河。

「他輕功不錯，自然內力深厚，提氣間便能聽出端倪。」木頭難得有閒心跟她細細解釋。

蘇離離不禁對他刮目相看。他能有這番見解，必不是尋常人物。失機落節，流落至此。老虎嘯聚山林才是百獸之王，蛟龍潛遊深海才是萬物之靈。離開自己的所在，不過是籠中玩物，淺灘鰍蝦。

那蘇離離的所在，又是何處？三尺市井，九曲巷陌，能否藏身一世？她自己也不知道。晚來風涼，蘇離離轉頭看去。木頭的眼睛像暗處的琉璃，蘊藏著堅定沉靜。她回想今日的所見所聞，只覺得許多舊事積澱，壓抑得重，卻活得明媚得輕。

蘇離離心中難過，反而微笑起來，叫道：「木頭。」

「嗯？」

蘇離離沉默片刻，「你父母都不在了？」

「嗯。」

「我也是。」她用手指輕輕劃著他傷腿的夾板，「還疼嗎？」

「不。」

她靜默良久，木頭也毫無聲息，像夜幕中蟄伏的狼，不為等待獵物，卻為自己那份黑暗的適意。

隔了好一會兒，蘇離離輕聲說：「陪我坐會兒。」

「好。」

貳・月明人倚樓

這一季有金黃的枇杷新上市，擔在竹筐裡，襯著碧綠簡樸的葉子，沿街叫賣。

蘇離離愛吃各種蔬果，買了一大籃子回來，拈一個，撕開黃澄澄的皮。枇杷果肉多汁，咬一口甘如飴餳，清新甜香。蘇離離仰在竹搖椅上，舌尖舔一舔唇角，對木頭嘆道：「世上還有比吃新鮮水果更舒服的事嗎？」

木頭坐在鋪子大堂的櫃檯後，幫她抄這個月的訂單，聞言後白了她一眼。蘇離離又剝了個枇杷，剔皮去核，正欲拿去引誘木頭，便見有個人從鋪子正門外緩緩走進。蘇離離放下枇杷，擦了擦手，莫大已將一個包袱擲在櫃檯上，道：「今天是來買棺材的。」

木頭繃著一張俊臉，頭也不抬，仿若未聞。

月餘不見，蘇離離愣了愣，道：「你娘去了？」

莫大點頭，「前天就去了。這是二百一十兩銀子，那天掙的，我們對半。零的十兩是買棺材的。」

蘇離離轉到櫃檯後，數了數銀子，毫不推辭，坦蕩無恥地將包袱收了，抬頭道：「要什麼樣的棺材？」

莫大道：「妳估摸著給吧，我急用，現成的最好。」

蘇離離便將他引到院裡，指了一口大棺材道：「這個怎麼樣？以前一個老員外家訂的，他一死，他兒子不要這個，改換了便宜的，就擱這裡了。」

莫大也幫蘇離離拉過幾回木料，見那板子七寸厚的獨幅，連連搖頭，「別別別，我娘這輩子也就那樣，妳這個香樟整板會嚇著她。那個松木四塊半就很好，就那個吧。我娘喜歡好顏色，妳在上面多畫一點花。」

蘇離離嘆氣，「你那二百一十兩能買次點的金絲楠木了，這個香樟原也不算頂好。」

莫大道：「那二百兩是上次和妳斷袖，妳應得的。」

蘇離離緩緩抬頭，無言地仰視他良久，想說什麼，到底忍住了。

兩人轉出後院，蘇離離問：「莫大哥，你有什麼打算？」

「等辦完喪事就走，到外面闖闖看，順便找找我兄弟。到時候也不跟妳辭了，回來再說吧。」

蘇離離點頭，「你一個人，萬事小心。」說著走到大堂裡，木頭已抄完了訂單，歇手看著帳目，見他們出來，也不理會，端起蘇離離放涼的茉莉花茶來喝。

莫大看他對人愛理不理的模樣，有些不放心，扭頭對蘇離離道：「離離，我不在，妳可別跟這小子斷袖，等我回來，我們斷袖。」

木頭一口水沒咽下去，嗆了出來，咳個不停，褐黃的茶水灑了一櫃檯。

莫大奇怪地瞅他一眼，蘇離離欲哭無淚，一把將莫大拽出門，苦口婆心地教導道：「莫大哥，斷袖這種說法文氣得矯情，咱們小老百姓，就說盜墓，直白！」

莫大點頭，「明白，明白。」

送走這個主顧，蘇離離轉身回來。木頭一臉似鄙夷非鄙夷的神色，眼光涼涼地把她從頭到腳、從胸到屁股丈量一遍。蘇離離將剝好的枇杷拈起來吃，見木頭這樣看她，冷笑著指點道：「看你這面相身材，額無主骨，眼無守睛，鼻無梁柱，腳無天根，這輩子也只得落魄了。再把死魚樣的眼珠子瞪著，該有的運氣也破敗了。」

木頭額上青筋一現，默然無言，拉開抽屜，收拾帳冊單據。

蘇離離往搖椅上一坐，忍不住笑，卻閒閒地吩咐道：「把櫃上的水擦了，過來歇歇。」

斗轉星移，木頭腿上的夾板綁了三個月，終於拆下來。大夫來看過之後，說恢復得很好，大讚他骨骼清奇之餘，也極力誇讚自己醫術超群，能將骨頭接得這麼嚴絲合縫。末了，他拍著木頭的肩膀道：「小夥子，再靜養兩個月，我包你今後走路都看不出腿折過。」

木頭不鹹不淡地應付著，蘇離離一邊數銀子一邊挑刺，「真的好了嗎？什麼叫骨骼清奇，我看是骨骼怪異吧。他還沒走路，怎知不是一條腿長一條腿短？」

大夫道：「沒有的事，我家九代行醫，他這樣的重傷，我是從來沒見過。」

蘇離離將一塊碎銀子放到大夫手上。

大夫看著銀子，道：「可他好得這麼快，我也是從來沒見過。這兩個月還別忙著走。」

蘇離離又數一塊。

大夫慈祥地打量著木頭，「這一年也別使力，能走了也要慢慢走。」

蘇離離再數一塊。

大夫臉上笑出一朵花，「少吃辛辣，別讓腿著涼。要是這條腿真的短一點，也是常事，有一個好法子可以解決。」

蘇離離咬牙，把最後一塊碎銀子放到他手上，大夫舉到嘴邊咬了咬，收到衣兜裡，湊近蘇離離耳邊道：「治長短腿，有一個不傳的祕法。就是把短腿的那隻鞋的鞋底墊高一點。」言罷，讓徒弟提了藥箱，道聲「告辭」後飄然而去。蘇離離目瞪口呆地望著人遠去，半天才回過神來，罵道：「什麼世道啊！大夫都跟搶人似的。」木頭彎彎膝蓋，動動腳踝，道：「人家又沒挖墳掘墓，搶人有什麼了不得的。」

蘇離離大怒，一叉腰，正待發火，木頭放下腿，仰臉一笑，道：「這拐杖拄得人悶得慌，這下可要好利索了。」他素來沉默，話不多，也極少笑。如今一笑，滿屋都明亮起來，像有煙花綻放，瞬間華彩，讓人念念難忘。四目相對，默默無言。蘇離離呆了半晌，才吶吶地說：「還是再拄一個月吧。」

木頭點頭，「好，聽妳的。」

端午才過，天氣卻燥熱起來，後面小院覆在牆外黃葛的綠蔭下，隱隱透來初夏的濃烈。

樹幹枝葉上有鳴蟬唱歌，幼蟲繅絲[5]。蘇離離收拾打掃，上下照顧，依舊把日子過得沒心沒肺。

雕花的張師傅鬍子花白，一雙手枯瘦，卻能勾出最細緻婉麗的花紋。做工做到興頭上，蘇離離倒上一杯小酒給他，喝一口，逸興遄飛，一把雕刀耍得溜溜轉。兩眼光閃閃地掃木頭一眼，一定要收他做徒弟，學雕工。

木頭搖頭道：「我不用這麼小的刀。」

張師傅拈鬚一笑，「用筆原須細，用刀原須粗。練字時由大及小，是教你不失通體的氣韻；練刀時由小及大，是教你不失其中的細緻。」

木頭立刻服氣，便也學著細細地雕花，磨礪心性。

兩人教學相長，說到投契處，竟目不旁視，你一言我一語，或爭執，或啟發。

沒有兩天，張師傅便覺得這個徒弟收得十分稱心，大讚木頭少年英雄，見識過人。木頭也施施然地接受了，回他一句老驥伏櫪，志在千里。讓蘇離離聽得直皺眉，哭笑不得，私下跟程叔道：「果然是玉不琢不成器，人不吹捧不滿意。木頭跟張師傅分開來都是悶葫蘆，湊在一起宜為伍。」程叔大笑。

5 繅絲：抽繭取絲。

這天下午，蘇離離花了兩個時辰，幫一口柏木棺上了第三道漆，晾在院子裡。只覺腰腿痠軟，汗盈裡衫。她也不想吃飯，索性燒了水提到東廂浴房，洗了個熱水澡，頓時全身舒暢。她擦著身上的水，些微碎髮沾溼了，黏在身上。

蘇離離放下頭髮，用手整理，重新綰上去，一根簪子一壓一挑，還未綰好，木門一響，就見木頭站在門口，倚著兩支拐杖，張了張嘴，似要說話，卻又像被雷劈了，眼神定在她身上。少女的身體瑩白如玉，不帶情色的炫彩，卻似工藝一般絕美清新。

蘇離離還在綰頭髮，如今大眼瞪小眼，愣了片刻後「啊」的一聲驚叫，抓過一張大浴巾，飛快地裹在身上，怒道：「你怎麼進來了！」

木頭突然就結巴了：「我……我怎……怎麼不能進來？」

蘇離離大怒道：「老娘是女的！」

木頭原本蒼白的臉紅了紅，勉強壓住，挺直脖子道：「女的，又怎樣……」

蘇離離怒得無話可說，不知哪來的神力，一抬腳將他踢進敞放在門外的一具薄皮匣子。露出雪白修長的腿，風光無限又驚鴻一瞥。

木頭跌進薄皮匣子裡，半天沒爬起來。

第二天一早，蘇離離打開房門時，木頭坐在一塊棺材板前，專心致志地刨平。雪白的木刨花蓬鬆地從他手中開出來，掉落在地。蘇離離瞇起眼睛，憤恨地看他，木頭目不斜視。僵了片刻，蘇離離冷笑道：「一大清早起來，怎麼院子裡一個人都沒有？」

木頭手上不抖，沉聲道：「我是人。」

蘇離離斜睨他一眼，「原來你是人啊，我還以為一院子都是木頭呢。」說罷，頭也不回地往廚房去了。木頭看她遠去，方才抬起頭來，目光卻朝著廚房的方向追尋。半天，他咬牙搖頭，自覺糟糕。

又過了盞茶時分，蘇離離在後面喊了一聲「吃飯」，木頭放下活計，拄著拐杖到廚房外的飯桌上。蘇離離盛出稀飯，烙了一碟焦黃軟糯的餅子，捲了鹹菜豆干，蘸醬吃。

程叔喝了一碗粥，吃了兩張餅，卻見蘇離離不似往日說笑，木頭端著碗，只是一口一口地喝粥，失笑道：「你們這是怎麼了？怎麼惱了？」

蘇離離不說話，木頭看她一眼，也不說話。程叔放下碗笑道：「真是小孩子。」逕自出去忙活了。蘇離離瞥了木頭一眼，覺得自己比他大，不要跟小孩子一般見識，便挑了菜，裹了一張餅子，遞過去道：「你成仙了嗎？什麼都不吃！」

木頭接過餅子，喝了一口粥，咽下去，方抬起眼看著她，「妳……為何要扮成男的？」

蘇離離沒好氣道：「難道一個姑娘家，拋頭露面賣棺材？」

「為什麼賣棺材？」

「不賣棺材，難道我繡花嗎？」

木頭搖頭道：「我不是這個意思。」

蘇離離見他態度端正，容色嚴肅，也不與他一般賭氣，看著碗沿的青花勾瓷，幽幽道：「我爹死的那年，我什麼也沒有，和程叔一起動手幫他做了一具棺材，那是我做的第一具棺材。如今，我也記不清自己做過多少棺材了……幸好還有程叔幫我。」

她抬頭，見木頭神情關切，忽然一笑道：「其實做棺材也好。我爹說過，人不可避免生老病死，因而賣菜、賣米、賣藥、賣棺材的人，無論什麼時候都餓不著。賣棺材更好，哪天大限一到，自己就發送[6]了，有始有終。」

木頭輕嘆道：「妳爹是個明白人。」

蘇離離搖頭：「世道不明，便容不得他。還是世人皆醉我亦醉的好。」

木頭黯然道：「也不盡然，和光同塵難免不被掩埋在塵埃之下。臨到終了，卻後悔莫及。」

兩人各懷心事，一時靜默。

6 發送：在此意指送葬、辦喪事。

其時，蘇離離與木頭年紀尚小，雖經離喪，也勘不透世事的鋒刃。多年後，木頭飛鳥投林，池魚入淵，萬緣放下時，卻放不下這小小棺材鋪裡的一念。

蘇離離拈著筷子，默然片刻，覺得兩人的話都說得太深刻，深刻得做作，自己先笑了，放下筷子道：「你快吃，吃完後去幫程叔刨板子。過兩天有空的話，就教你做棺材吧。」說著，把自己和程叔的碗收進去。

木頭喝了一口粥，喃喃自語道：「我就說嘛，妳哪有半分男人的樣子，果然是女的。」

無奈蘇離離耳朵尖，踱回來，隔著桌子看著木頭。木頭一抬頭，見她的臉色，氣勢陡轉，身子往後一退。蘇離離眼含殺機，一字字道：「你是故意的？」

「不是。」木頭猝然放下碗筷，抬高聲音道，「當然不是！」

下一刻，蘇離離已轉過桌子，殺向木頭。

木頭見她抬手，幾乎是下意識伸指，點上她右腕太淵穴，蘇離離手一麻，自己也沒反應過來，氣勢卻不減，左手已拍到木頭背上。木頭縮了手，腿腳不及她靈巧，欲躲無路，欲還手又怕拿捏不好輕重，屋子裡瞬間天翻地覆。

程叔探頭看時，就見木頭被蘇離離按在桌上，咬牙，埋頭，握拳，動也不動。蘇離離抄起一塊油抹布，「啪啪啪啪」抽打得十分歡快。

程叔連忙叫道：「離離別胡鬧。」

蘇離離不聽，放下抹布，惡狠狠道：「叫姐姐！」

木頭理虧，悶聲悶氣道：「姐姐。」

程叔笑得直搖頭，轉身捶了捶腰，見早晨的陽光灑了一院子，明媚耀眼，心情也明快起來。他咳嗽一聲，接著彎下腰去鋸起那塊柏木板。

夏始春餘，時序相交，最容易生出疾症。木頭猶如旭日朝陽，一天天恢復起來；程叔卻如暮靄沉沉，一天天衰竭下去。天氣一熱，反增加咳喘。每到深夜，蘇離離聽他咳個不停，心裡就很不是滋味。請大夫抓藥，程叔不待見。蘇離離一頭栽進書房裡，翻了一天的書，回頭買了些平喘涼藥，溫補食膳做給他吃。

木頭雖不言語，卻接手程叔的一大半生計，每天在院子裡從早做到晚。蘇離離便教他用丁蘭尺打尺寸，吉位恒吉，凶位恒凶。

木頭問：「要是尺寸凶了，還能妨害死人？」

蘇離離高深地搖頭，「妨不著死人。棺材的尺寸凶了，約莫能睡出一個僵屍。」

木頭不慍不火道：「妳不去挖開，想必那僵屍也無法行凶。」

蘇離離翻起一雙白眼，卻言語不得。

木頭見她無話，興致忽起，隨手撿起一塊長條角料，豎施一個起手式，斜斜地刺向她的印堂。蘇離離只覺眉心風動，未及反應，眼睛一花，木頭已「唰唰唰」一招盡點她全身十二處大穴。每一點都是要害，而每一點都只差毫釐即住手。

須臾收勢，蘇離離像傻子一樣呆站著。木頭神情頗為自得，卻繃著臉，矜持地點頭，手一揚，木條子飛回角料堆裡。

蘇離離幡然醒轉，大怒，「有這本事在我面前炫耀，當初怎麼被人砍得七零八落，讓我七拼八湊才湊齊一個人？」

木頭聲線沉靜冷冽，「妳何不問問傷我的人怎樣了。」

「怎樣了？」

「死了。」他輕輕地說完，掉頭鋸板，見蘇離離張口結舌，又陰沉沉地補了一句，「誰傷我一刀一劍，我必要他的命。」

蘇離離躊躇半晌，見他專心致志，還是忍不住打斷道：「那個……我好像……也打過你……」

木頭深沉地看她一眼，看得蘇離離心肝一跳，「其實……是開玩笑……」

木頭不言語。

「我只是……一時……那個激憤……」

蘇離離好話說盡，末了，木頭方抬頭，半是鄙夷半是大度道：「我不跟女人一般見識。」眼裡卻是藏不住的笑意。

蘇離離望著他的眼睛，點頭道：「既如此，我不打白不打。」說著，抓起一把刨花當頭扔過去。木頭的手袖像帶著風，一揮，刨花反過來撒了蘇離離一身。

蘇離離再扔，木頭再揮。

半天，蘇離離大叫：「不來了，不來了。都撒了一地。」

再半天，蘇離離叫道：「木頭，你再鬧，我要惱了！」

木頭收了手，蘇離離不顧自己掛著一身刨花，抓起滿手木屑直扔到他臉上。

頓時，院子裡如同六月飛雪，炸起一地楊花，洋洋灑灑，嘻嘻哈哈。

自木頭拆了夾板，每日拄著拐杖練走路。過了月餘，竟放下拐杖，又過月餘，竟能將路走得四平八穩。蘇離離一面罵：「還不會爬，就學著跑。欲速則不達，也不怕再折傷了骨，做一輩子的瘸子。」一面買來豬蹄子，燉上黃豆，燒得鮮糯不爛，逼他喝湯吃肉啃骨頭。

入伏以來，天熱得厲害。鋪子裡的活計都放在早上，一到午時便收工。

蘇離離將木料用白布遮起，夜裡涼了就噴些水，說是怕曬乾曬裂了。木頭見她噴水，質疑道：「不會長出蘑菇吧？」被蘇離離一個白眼擋回去。

午後，木頭在後院的葫蘆架下，或撚指意會，或以木條做兵器，不時比劃一下。竟是想的時間多，動的時間少，不知在琢磨什麼。蘇離離每每見他入定一般地立在那裡沉思，周身的氣韻卻如山嶽聳峙，川澤靜默，萬物隱於其形般廣闊精深，心裡有些羨慕，又有些不安。轉顧四周青瓦白牆，牆外市井攤販，心裡知道這終不是他的天地，反倒坦然了幾分。

看得無聊時，趴在旁邊打盹，醒後就煮鍋綠豆湯給大家消暑；或者切一個西瓜，去皮剔籽，用牙籤挑著吃。到了傍晚，用水潑地去暑氣，鋪開竹席納涼，直待到星漢滿天，朦朧睡去，不知今夕何夕。日子如窮人般清閒，又如神仙般自在。

這天下了一陣雨，蘇離離因天熱，懶得吃東西，煮了白粥，做了一個涼拌黃瓜。她吃飯的時候對木頭道：「你的腿腳好多了，一會兒跟我上街一趟好嗎？」木頭應了。

兩人吃了飯，踏著積雨，出了後角門，慢慢轉到如意坊正街的妍衣軒。妍衣軒是製成衣的鋪子，裝點得典雅別致，往來拿取的，淨是達官貴人家的家僕侍婢。

蘇離離進店時，妍衣軒的李老闆便迎頭堆笑道：「蘇老闆，妳是來取衣服的吧？」蘇離離寒暄兩句，道聲「是」。李老闆便喚夥計進店裡抱出兩個大紙盒，在那精光鋥亮的桃木大案桌上打開其中一個，將裡面的兩件素色單花男裝鋪在大案上，衣角工整，針線勻稱，服色樸而不俗。

蘇離離倚在大案桌一角，手抵著唇，展顏微笑，眼神指點木頭道：「去那邊換上，看看適不適合。」木頭比蘇離離高了一點，身上穿的是程叔的舊衣服，肩肘諸多不合身處。少時，木頭換了那身藏藍色的衣服出來，修長挺拔，無處不合身。李老闆不由得豎起大拇指道：「蘇老闆，妳這位小兄弟真是一表人才啊。」

蘇離離無恥地一笑，頷首道：「那當然。」扯扯木頭的袖子，端詳片刻，閒閒道，「穿著回去吧，把那兩件收了。另一樣呢？」

李老闆拂開案上的衣料，鄭而重之地打開另一個厚黃紙盒，順著盒沿，拉出一套女裝，細心地鋪在案桌上。卻是一襲淡粉色的廣袖長裙，裡面是華緞，外面襯著薄紗，纖腰長襬，裙角上繡著朵朵桃花，疏密有致，點染合宜。

裙子一鋪在案上，滿室的目光都被吸引過來。李老闆指點著衣裙，滔滔不絕，這裡多麼幽雅，那裡多麼炫目，把一襲衣裙半實半虛地說得天花亂墜。蘇離離一一地看了，淡淡點頭，「不錯，對得住我的銀子。換個漂亮一點的盒子包起吧，我要送人的。」

李老闆笑得曖昧，「整個京城也找不出這麼好看的衣裳，蘇老闆花大錢，是要送給心上的姑娘吧。」

蘇離離笑得像朵花，「李老闆又胡說，是送給一位姐姐的。」當下由他調侃，也不多說，只看人包起衣服，讓木頭抱了一個盒子，自己也抱著另一個，出了妍衣軒。

走回去的路上，蘇離離有些沉默。到了清靜的後街小巷，木頭忽然道：「我覺得妳很適合穿那件衣服。」

蘇離離還沒回過神來，「哪件？」見木頭望著自己和盒子，明白他說的是那件女裙，不由得失笑，卻踢了踢角門叫道，「程叔，開門，我們回來了。」

七月初七這天，萬戶乞巧。蘇離離早早吃罷晚飯，對程叔道一聲「我出去一會兒」。程叔點點頭，沉吟片刻，只道：「莫在那裡多待。」蘇離離捧著那個衣裳盒出去了。木頭冷眼看著，也不多問。

蘇離離沿街轉巷，來到城心。這個時辰，百家歇業，只有秦樓楚館，漸次開張。暮色昏黃下，燈紅酒綠慢慢清晰起來。明月樓開在當街，正是京城數一數二的煙花之地。豔妓迎門邀客，將那三分的虛情七分的假意，按斤論兩，作數出賣。

蘇離離只從邊角門進去，使了幾個銀子給後廊下的打手，引去見老鴇[7]。老鴇汪媽媽正張羅著大堂裡的一張彩綢，見了她，認了片刻方道：「蘇小哥，什麼風把妳吹來了？」她身子朝蘇離離這邊一靠，一陣悶香撲鼻而來。

7 老鴇：開設與與管理妓院的女人。

蘇離離被熏得幾欲昏倒，卻和和氣氣笑道：「我看看言歡姐姐，送個東西就走。」汪媽媽笑道：「大半年不見，這模樣越發俊秀了。不想想妳汪媽媽，倒惦記著歡兒。」蘇離離只得賠笑道：「那自然先惦記著汪媽媽這裡，才能惦記著言歡姐姐。」

告了聲擾，出來往明月樓內院去。一路聽著淫聲浪語，好不容易捧著盒子爬到後閣二樓的一間繡房前，蘇離離先敲了敲門，揚聲道：「言歡姐姐在嗎？」

裡面一個女子聲音柔軟慵懶，道：「進來。」

蘇離離推門進去，便見房間西邊妝臺前坐著一個女子，寢衣緩帶，微露著肩膀，睡意未消，正對著鏡子上妝。她從鏡子裡斜看蘇離離一眼，嫵媚之中透著冷清，卻不說話。

蘇離離將盒子放在桌上，回身關上門。言歡調著胭脂，半晌開口道：「妳怎麼這時候過來了？」

蘇離離將盒子捧到她妝臺旁的春香芙蓉榻上，解開繩子，「今天是七月初七，我們的生日。」

言歡緩緩放下手，有些愣怔，失神道：「是，七月初七，我都忘了，沒什麼好送妳。」

蘇離離除去禮盒，將那襲衣裳拉出來，裙帶飄飛，滿室華彩，笑道：「送給姐姐的。」

言歡神色柔緩了些，注視蘇離離片刻，道：「妳也十五了，總是及笄之年，怎麼還這般打扮？」

蘇離離難以捉摸她飄忽的情緒，低聲道：「歡姐，皇上現在也自顧不暇了。我聽人說，京畿政務都掌在太師鮑輝手裡。我這些年存了些錢，看能不能使點銀子，贖妳出來。」

言歡淡淡一笑，幾分冷然，幾分蒼涼，「妳贖我做什麼，外面的姑娘年滿十五正是花開時節，這裡的姑娘十五已經是花開敗了。」

話音剛落，屋外有人朗聲笑道：「別的花開敗了，言歡姑娘這朵花卻是開不敗的。」聲音醇厚動聽。

言歡神情微變，似有些振奮，推著蘇離離道：「妳去吧，我的客人來了。」兩人相望，有些遲疑，卻都說不出話來，言歡張了張嘴，還是低低道，「去吧。」

門扉響處，有人進來。蘇離離抬頭掃了一眼，正是剛才在窗外說話的那個人，穿著月白的衣衫，袍袖舒展。她匆匆一瞥，埋頭便走，邊走邊想：青樓嫖客也有這等人物。這公子一眼看去如重樓飛雪，朱閣臨月，俊朗清逸，幾乎比我家木頭還要好看幾分啊。

她正思忖著，邁過那人身邊時，那人卻一把抓住她的手腕，懶懶笑道：「真是人生何處不相逢啊。」

蘇離離大驚抬頭，對上一雙清澈狹長的眼睛。他說話的聲音宛如在說「月黑殺人夜，風高放火天」一般抑揚頓挫。蘇離離像見鬼的貓，腦子裡「嗡」的一聲，全身奓毛。

那人仍溫言笑道：「公子見了我，為何發抖？」

蘇離離又一次用力抽出手腕，虛弱地說：「我也是感慨人生的際遇實在離奇。」

錦衣公子向後看去，言歡尚穿著寢衣，酥胸半露，也嘆道：「實在沒想到，公子竟是水旱通吃。」

勾欄[8]裡的諢語，男人和女人叫走水路，男人和男人叫走旱路，卻含了些隱密曲折的意思。言歡聽得這話，忙把寢衣一拉，先紅了臉，半斂著眉，低聲道：「祁公子先請坐，恕奴家換身衣裳。」說罷，逕自轉去屏風後面。

蘇離離雖不懂水路旱路，但見言歡都紅了臉，自然不是什麼好話，當即正色道：「公子勿要取笑，我是女子，不是男子。言歡是我的結拜姐妹，今日來此看看她。」

她突然坦率起來，錦衣公子反而收笑，默默地看了她一眼，眼神銳利如刀，正色道：「你也是這裡的姑娘？」

「不是。」

「那是哪裡的姑娘？」

蘇離離不由得生起幾分薄怒，「我是良家女子，不是風塵中人。」話音一落，見言歡換了一襲淺紫的舞衣，倚在屏風之側，幽幽看她。蘇離離猝然停聲。

8　勾欄：宋、元時代的賣藝場所，在此指妓院。

言歡娉娉嫋嫋地走出來，涮了杯子倒茶。錦衣公子方才讚她花開不敗，現下正眼也不瞧她，卻盯著蘇離離道：「妳上次不說妳是女子，是因為與妳同行的那人也不知道妳是女子吧？」

一針見血。

蘇離離垂首道：「正是。公子若是別無他事，我就不打擾了。告辭。」

「站住。」他閒閒地一拂袖子，如閒庭信步，又盡在指掌，「妳叫什麼名字？」

此問無禮。然而蘇離離女扮男裝做買賣時，原沒在意她的芳名被大老爺們掛在嘴上呼喊，也不介意他這麼一問，躊躇片刻道：「我姓蘇，是如意坊之尾蘇記棺材鋪的東家。」

錦衣公子端起言歡捧上的一杯香茗，隨手擱了卻不喝，波瀾不興地說：「我知道妳姓蘇，我問名字。」

蘇離離無奈，只得答道：「我叫離離，就是『離開這裡』的離。」

錦衣公子嗤笑一聲，「我又不是鬼，妳見著我就這般想走。」

蘇離離望著他看似多情實則冷冽的眼眸，懇切道：「公子，小女子只是個尋常百姓，亂世之中求個平安度日，不想招惹別事。今日見著公子實是遇巧。我做的生意，也不敢招呼公子多來照顧。言歡姐姐美貌溫柔，公子來與她敘談，我在此多有不便，自然得走。萍水相逢，何必多問。」她拋一個眼神給言歡。

言歡對桌坐了，輕笑，柔聲道：「祁公子好不容易來了，倒戲弄我這妹子來的？她沒見過什麼世面，可別嚇著她。」

錦衣公子的手指輕輕叩著桌面，七分讚許，三分深沉，緩緩道：「蘇離離……蘇姑娘不僅聰明，還聰明得透澈。」隨即莞爾一笑，「我姓祁，就是『采蘩祁祁』的祁，祁鳳翔。家中行三，人稱一聲祁三公子。蘇姑娘記著，後會有期吧。」

蘇離離雖穿著男裝，卻屈了屈膝，斂衽行禮，奪門鼠竄而去。

言歡見祁鳳翔望著門扉猶自沉思，心中不悅，卻將笑容綻得明豔動人，「三爺一去半月，怎麼昨天又想起言歡，讓人捎信說今天來？」

祁鳳翔轉過頭來，眼神描畫她的唇線，柔聲道：「來，便是我想來；去，便是我想去。言歡這般剔透，怎會問出這麼愚蠢的話來。」

言歡微微仰頭笑道：「言歡今年十五，在這歡場已有七年，閱人無數。公子來便是來，卻不是為言歡而來。」

祁鳳翔長笑道：「妳既這樣說，即便不是專為妳而來，也可以算是順便為妳而來。」他手一拉，將言歡抱進懷裡，低頭輕嗅她身上的幽香，突然問，「妳姓什麼？」

言歡微微閉起眼睛，由他撫摩，神情雜陳著痛苦與歡樂，似揭開心底一道深刻的傷口，半是嘲諷，半是含酸，「我姓葉，落葉飄零的葉，葉言歡，公子也記著吧。」

祁鳳翔按在她腰上的手不自覺地用力，低聲緩緩道：「葉言歡，找的就是妳。」

言歡忽然大聲一笑，扭轉身子面向他，手指撫上他的下顎，像覺得十分有趣，低聲一字字道：「你找的未必是我。」

蘇離離一頭栽進院子時，程叔正坐在幾塊疊放的木板上，看木頭雕一塊料。她這麼急急地進來，兩人都驚得抬起了頭。蘇離離有些喘，卻放鬆表情，嘿嘿一笑道：「程叔還沒睡？」程叔的咳嗽止了些，精神好多了，見她平安回來，點頭道：「就睡了，少東家也早些休息吧。」說罷起身去漱洗。蘇離離在木頭身邊坐下，愣愣不語。木頭藉著一支松枝油條的火光，捧著尺餘見方的木椿，刻一個陽文壽字。

剛把輪廓勾出來，蘇離離突然站起來，望著鋪子大堂的方向，問：「還有多少活沒交？」木頭也不抬頭，一邊刻著一邊答道：「西街壽衣鋪的三口柏木卸好板了；另外兩個散活氈泥鋪了底，合了縫，只等上漆。案上還有沒動工的兩口，限的是三月交貨，才放了定金。」

蘇離離轉過身來，又望著院牆之上，有些失神，似自語又似問他，「我該搬到哪裡去才好呢？」她方才在明月樓廂房還算鎮定自若，此刻神色平靜，眼眸深處卻如驚弓之鳥，暗藏著深刻的恐懼。

木頭停下刀，抬眼看她，不動聲色道：「街對角順風羊肉館的鋪面就好，要搬就搬到那裡吧。」

松油枝子爆開一陣火光，照出的陰影四面搖曳，頃刻間委頓在地，熄滅了。眼前一暗，院子裡一片漆黑，有目如盲。蘇離離像找不著方向，猶豫片刻，往後面小院走去，邁出兩步，手臂一緊，卻被木頭拽住了。

她驀然回頭，黑暗中眼神終於聚焦在木頭臉上。木頭站起來，握住她的一隻手，「妳去哪裡？」

蘇離離低頭思索一陣，快而輕地說：「我不知道，我要走了，他們要找到我了。」

「誰要找到妳了？」木頭柔聲問。

他這句話在蘇離離腦裡過了一遍，誰要找到她了？這樣一思索，蘇離離忽然清醒了些，眼神不這麼愣怔，卻不說話，只由他捏著自己的手，彷彿心底需要這種力度和溫度來支撐。

木頭靜待片刻，自己接道：「上次盜墓惹上的鬼吧？」

蘇離離點頭，「我……怕是被人盯上了。」

「妳做了什麼惹到人了？」

「我不知道，你別問了。」蘇離離嘆氣。

「我不問便是。只是許多事，怕也是沒有用的，妳何必要怕？」木頭拉起她另一隻手，也握在手裡，「妳當初救我的時候可曾想過怕？妳說我若被仇家尋到，怨不得妳。妳可曾想過，若我的仇家尋來此地，不是我不怨妳，而是妳莫要怨我害了妳。」

蘇離離張了張嘴，心知如此，卻說不上為什麼。明知道救他是行險，還是把他救了。黑暗中木頭眼神發亮，笑道：「妳那時候不怕，現在也不需怕。世上的人打不倒我們，打倒我們的原只有自己。」

木頭不說廢話，說出來就不無道理。蘇離離看著他璀璨如星的眼睛，心裡暗暗自責：我今日竟覺得那個祁……祁鳳翔比木頭好看，木頭分明比他好看得多。又想到他說那個「我們」，原是泛泛而指，細細一想卻有一絲親密。又覺著他手上的溫度格外舒適，臉上有些發熱，她抬手一巴掌，不輕不重地抽在自己臉上，心頭痛罵：蘇離離，妳怎麼抽風了！

木頭見她終於不再失神，舉止卻更加莫測起來，一愣之後，大驚，遲疑道：「姐姐，妳……到底受了什麼驚嚇，千萬莫憋著，要成失心瘋。」

蘇離離掙脫他的手，連連搖頭道：「沒有沒有，今天確實有些愣住了，腦子不清不楚的。」

兩人正掙在那裡，房門一響，程叔握著蠟燭，披著衣服站在門口，瞇著眼睛，伸著脖子看他們，道：「黑燈瞎火的，你們還在這裡說什麼？」蠟燭的光雖暗淡，卻足以令木頭看清蘇離離緋紅的臉色，一愣，頓時雜念叢生。

蘇離離避開燭火，應道：「知道了，我去睡了。」今夜第二次鼠竄而去，直入臥房。

木頭站在那裡看她「砰」地關上門，一回頭見程叔枯老的臉映在燭光下，不知怎麼心裡也突然一虛，低頭拾起雕刀和廢料，轉了一圈，又扔了木料，手握著大號韭葉刻刀直直走進臥室。

程叔舉著蠟燭挪出幾步，望著木頭關門，眼神充滿疑惑與無辜。

蘇離離靠在門上，既沒點燈，也沒梳洗，反而閉上眼好笑，覺得自己當真無聊得緊。十五歲少女該有的深閨望月，花下懷情，不屬於言歡，也同樣不屬於蘇離離。似這般恬淡的時光已是流年中偷來的，在她隱憂漸釋之際又兀地折轉，如此反覆，不能也不願去奢望更多。

她拋開這一絲優柔的念頭，坐到床沿上，解開頭髮。指縫間那些剪不斷理還亂的萌動與糾結直透心裡，她生生放下，轉而去想那個祁鳳翔。只覺此人說不出的古怪可怕，輾轉反側，猜不透他的真意，遂埋頭睡覺。著枕即眠，一夜無夢，直睡到太陽爬上第三根窗櫺。

蘇離離只覺睡得極沉，爬起來渾身不得勁，裹了衣服前往那五穀輪迴之所[9]。

9 五穀輪迴之所：出自中國長篇神魔小說《西遊記》，為「廁所」之意。

走到屋簷下，木頭迎面過來，道一聲：「起來了。」蘇離離人醒了，腦子沒醒，麻木地應了一聲「嗯」，擦肩走過。

回來時，見院子裡一早便堆著四五塊板材廢料，一地木屑渣。蘇離離亂著頭髮，打了個哈欠，指著地上道：「都是你今早刻的？」

木頭「嗯」了一聲。

蘇離離細瞧，一塊刻著「壽」字，一塊刻著「福」字，都是棺材上常用的字樣。還有一塊，卻刻了「蘇」字，蘇離離大驚失色道：「這個東西可千萬不能刻在棺材上。咱們這一行是不做字型大小標記的。免得主顧們躺舒服了，晚上齊齊地來謝我，我可招架不起。」

說完，也不聽木頭答話，睡眼惺忪地洗了把臉，頭髮一綰，去廚房覓食。程叔坐在飯桌邊喝著豆漿，蘇離離抓來一根外賣的油條，撕一塊放進嘴裡，就聽程叔道：「這孩子，今天天不亮就在院子裡倒騰，敢情昨晚沒睡呢。」

蘇離離閒閒道：「也許他是昨天釅茶喝多了，失眠。」唇角卻不經意扯起一道弧線。

此後數月，蘇離離一直擔心祁鳳翔會找上門來，然而他石沉大海，杳無消息。那句「後會有期」像最管用的符咒，拘得蘇離離時不時抽一下風。木頭終於見怪不怪，淡定地指點江山，教她該搬往何處，把一條街所有的鋪子都指完了，蘇記棺材鋪也沒挪一個窩。

參・人生足別離

秋去冬來，冬去春來，從破敗到蕭條，從蕭條到盎然。

冬天下第一場雪的時候，蘇離離又去找了言歡一趟。言歡說祁鳳翔是幽州商人，來京裡探市摸行，現在已回幽州去了。她風月場中七八年，擁有看人身分家世的火眼金睛，這話言歡不信，蘇離離也不信。但知道他不在京城，心放下了大半。

心情一好，回家途中路過一個兵器鋪子，便花十兩雪花銀買了一柄上好的長劍。到家時，木頭正掃去一塊整木上的積雪，準備改料，接過劍來眼露欣喜。許久不摸刀劍，未免手癢，木頭「唰」的一聲抽出劍來，讚道：「好，嗯，好。雖然鋒無沉勁，鋼無韌性，但在市井俗貨裡也算不錯的。」

聽得蘇離離只想一腳踹過去，十兩銀子，半年的吃喝，換來他一句「不錯的市井俗貨」。

不知不覺間，木頭已經把棺材鋪子的活計做上手了，從改料、打磨、釘板、鋪膠、上漆，一樣不落。初時做的棺材，蓋子闔不上，被蘇離離痛加指教了幾回，終於像樣了，漸漸地琢磨熟悉。

冬天一過，蘇離離的抽風痊癒了，接活攬生意之餘，覺得生活也就這麼回事，自己未免多慮。這天她喝多了水，晚上起夜，春寒料峭，讓那冷風一激，打了個寒顫，恍惚間覺得書房裡有什麼細微的聲響一叩。

蘇離離不禁皺眉，只怕老鼠咬書，昏昏沉沉走過去，用腳蹭開房門。陰沉的感覺霎時從心底生出，脖子上汗毛豎立。身邊有什麼東西一晃，蘇離離猛見是個人影，一抬頭，全身的血液瞬間衝到頭頂。定陵墓地裡的八爪臉，皮膚像死人一樣凹凸錯落，唯有眼睛陰鷙地盯著她。

她「噭」地怪叫一聲，八爪臉向她伸手的同時，一股沉穩的力道將她往後一拖。某種閃亮的東西從身後斜刺向身前，八爪臉被迫收手。蘇離離腰上一緊，被往後一甩，等她在院子裡站穩，回過神來，木頭已在月光下與那人動上了手。

木頭一招占先，招招占先，亦攻亦守。八爪臉進擊數招，被木頭一一揮擋開來，純以劍招制勝。須臾之後，八爪臉覷一個空檔，一拳擊向木頭。木頭人不退，劍刃削下，清冷道：「撤招。」

此招不撤，固然能擊傷他的心脈，然而一隻手也沒有了。八爪臉出招雖快，收勢亦穩，縮手一立，方才的萬千殺意瞬間隱藏，卻如見鬼一般望著木頭，半晌道：「你招式精妙，內力不足，拚不過我。」

木頭並不反駁，言簡意賅道：「你已經來第三次了，再來一次，我絕不留情。」手一收，劍刃破風出聲，不容置疑的堅定。

蘇離離緊了緊衣服，看兩人在院中對站，分庭抗禮。一種叫做「殺氣」的東西隱隱瀰漫在空氣裡。早春料峭的夜風吹來，牽起她幾許散亂的髮絲，八爪臉的衣袖卻垂直不動，似在思索動手，或者不動手。木頭寸步不讓，手裡劍尖紋絲不動。

蘇離離一向敢於突破嚴肅的氛圍，見氣氛凝滯，便站在木頭身後，探出半張臉，盡量沉穩地問：「你在找什麼東西？想找什麼跟我說嘛，這裡我最熟。」

八爪臉掃她一眼，轉向木頭道：「你的武功路數我識得，今日不與你爭鬥，是給你師傅面子。」言罷，一縱身，像暗夜裡的蝙蝠，躍出院子。

蘇離離大不是滋味，「哎，我在跟他說話，他怎麼無視我？」

木頭看也不看，「嚓」的一聲還劍入鞘，道：「妳總躲在我後面，他沒法正視妳。」轉頭看向蘇離離，「那次從定陵回來的時候，他就跟著妳了，前兩次來也是在書房裡翻找。我腿傷未癒，不曾驚動他。」

蘇離離驚道：「我釘棺材，撬棺材，還沒遇過這種事。」

「妳知道他在找什麼。」木頭平淡地說，像在陳述事實而非詢問。

蘇離離遲疑道：「我其實……也不知道。就是上次在定陵，我給莫大哥放風，無意撞見這個八爪臉在審一個小太監，說要找什麼東西。」

木頭審視她的神色，沉默半晌道：「妳不想說就別說吧，我看他不會就此罷手的。」

蘇離離聽得很不入耳，這算什麼話，軟威脅？

「什麼叫我不想說？我都把名字告訴你了，但我卻不知道你的名字。」

「蘇離離是真名嗎？」木頭兜頭問道。

蘇離離一噎，被他深深白了一眼。木頭提劍轉身就走。她一把拽住，「你去哪裡？」

「回去睡覺！再過一會兒天就該亮了。」

蘇離離拖住不放，「不行！你陪我在院子裡坐坐。萬一……一會兒……那個人……」

木頭板著臉不聽，蘇離離央求道：「木頭，程叔去拉板材還沒回來，整個院子除了我就是你。萬一我回去，那人想想不對勁，要回來宰了我，你慢一步我就完了。」

木頭回身躍上堆放的木料板子坐下，「他背後還有人。他主子不說要殺妳，他就不會殺。」

蘇離離蹦上前去，爬上那疊放有半個人高的成板，背靠著後面堆積的木料，「你怎麼知道他還有主子？」

木頭坐進去一些，抱膝沉吟道：「妳說他上次在定陵拷問一個小太監。既是涉及皇宮內院，便不是江湖中事。此人非官非貴，定是為人效力。」

蘇離離沉思片刻，道：「你知道有哪一個大官姓祁嗎？」

「朝中沒有。」

「幽州呢？」

「幽州……有，幽州守將祁煥臣。」

蘇離離冷笑，「想必是這位幽州的祁煥臣。」

木頭冷淡地補充，「此人五十多歲，三年前調防幽州，守禦北方，倒是一員良將。」

蘇離離冷哼一聲，「治世良將，亂世奸臣。」

木頭默然不語，蘇離離屈膝，側坐在他身邊，雖有些冷，卻覺得安全。心安時，睡意萌生，不一會兒就垂頭垂腦。木頭略往她那邊一挪，將肩膀借給她的腦袋。蘇離離便靠了過去，整個人依在他身邊。

天將亮不亮之際，空中似有低低的鳴響，像從天地間發出，杳無人聲，仿若時空倒置，不知身在何方。這樣一段時間，是從生命中抽離的，是不關乎過去與未來的。木頭定定地看著天空變成青白，映上一點金色的邊。

第一縷陽光照進院子，蘇離離動了動，睫毛緩緩抬起來，頭倚在木頭的肩上，背靠著堆積的木料，身上披了一條薄被。心知是木頭趁她睡著時給她蓋上的，裹了裹，心裡有些空、有些滿，還有些說不出的愉悅，像被太陽曬得懶懶的。彷彿像這樣相依坐了很長的時間，長過她知道的時光。

空氣清洌微寒，她一動不動地倚著木頭坐了一會兒，才抬頭看他。木頭的臉側對著陽光，明暗的光影勾勒出他的輪廓，他望著沾染青霜的屋簷，眼裡含著恬淡的波紋。

甜。

蘇離離也看向那屋簷，笑道：「怎麼？房簷上有錢？」因為剛醒，聲音低啞，平添了清甜。

「沒有。」

「那你在看什麼？」蘇離離懶懶地直起身來，「還這種表情。」

「去年的今天妳威脅我，說我死在這裡的話，只會給我薄皮匣子。」

蘇離離被他一提，才驀然想起木頭住在這裡也有一年了，心思不由得蔓延開來。她凝望他的側臉，這一年來，木頭的個子長了不少。她每每抬頭跟他說話，不經意間，仰視的弧度也變大了。木頭將目光投向她道：「妳看什麼？」

蘇離離輕輕一嘆，思索片刻，才將手按在他的手背上，柔聲道：「我只願你一生平安，莫再有去年那樣的時候。」

木頭默然片刻，也輕聲道：「我也願妳一生平安，莫再有昨夜那樣的時候。」

兩人相視而笑。

「木頭，」蘇離離低低道，「幫我個忙。」

「妳說。」

「我有一個姐姐，身陷青樓。我縱有再多的銀子，也贖不出她。我想……你去把她接出來。」

「在哪裡？叫什麼？」

蘇離離躊躇了一會兒，「再等幾個月吧。我擔心你的腿傷，到時候再跟你說。」

木頭剛要說話，後角門上響動，蘇離離凝神一聽，歡聲道：「程叔回來了。」

木頭跳下板材，把手伸向蘇離離，「妳去做飯，我幫他把木材拉進來。」

蘇離離抱了被子，扶著他的手，跳下板材堆，依言各自忙活去了。

五月，天氣宜人，柔風吹潤。明月樓眠花宿柳，正是溫柔鄉里不知歸。言歡這夜陪了半夜酒，有些醉了，回到房裡，頭沉眼餳[10]，意識卻又極度清醒。在床上倒了半天，心中懊惱今天被灌了許多酒。挨到四更，到底對著花瓷盆吐了一通。

抬起頭時，卻見窗邊站著個黑衣少年，蜂腰猿臂，眉目俊朗，眼睛像明亮的星，趁夜乘風而來。言歡雖奇怪，也未驚慌，只愣愣地看著他。看美人嘔吐原是一件煞風景的事，木頭神色平淡道：「妳是言歡？」

10 眼餳：眼睛半睜半閉、呆滯無神。

「是。」言歡用絲綢拭了唇角的穢物，習慣性地問，「公子怎麼稱呼？」

木頭並不答話，「我來帶妳走。」

言歡一愣，「誰讓你來帶我走？」

「蘇離離。」木頭雖認識蘇離離一年有餘，還是第一次叫她的名字。幾個字平平吐出，心裡反生出一種異樣感，些微形諸神色，眼底平添了溫柔。

言歡察言觀色，冷冷一笑，用職業的眼光上上下下打量木頭良久，「她憑什麼帶我走？」

木頭被她瞧得有幾分惱怒，「難道妳想待在這裡？」

「我不想待在這裡，可我不要她來救我！」薄酒微醉，言歡有些把持不住情緒。

木頭道：「為什麼不要她救你？」

言歡道：「她要你來你就來？」

一陣短暫的停頓，木頭道：「她非常想救妳出去，所以我才來。」

「這世上沒有承受不起的責難，只有受不了的好意。」言歡笑出幾分落寞，算是回答他的話。

「妳是她什麼人？」木頭又問。

言歡緩緩走近他，手指撫上他的衣襟，毫釐之差時，木頭退開了。言歡似笑非笑道：

「你很想知道她的事？」

木頭眸子微微一瞇，眉頭不蹙，卻帶出幾分認真的冷靜，「我為她來救妳，妳只用跟我走。」

「我不願意！」言歡應聲道，「我講一個故事給你聽，你願意聽嗎？」她又湊近木頭。

「妳可以講。」木頭這次沒退，只轉身坐在了旁邊的繡凳上。

言歡靜靜地審視他片刻，欠身在桌邊凳上坐下，倒了一杯冷茶，端近時才發現茶裡浸了隻細小的蚊子。她轉著手裡的杯子，看那茶色一圈圈蕩過雪白的瓷，蚊子掙扎片刻，隨水漂蕩。

言歡定定開口，「她並不如你想像的好。」

「很久以前有一個大臣，得罪皇帝。皇帝要誅他滿門。那一年，他的女兒五歲，有一個從小陪伴著她的丫鬟，是她奶娘的女兒。她們有緣生在同一天，卻是個不吉利的日子。大臣為了避禍，帶著女兒遠走他鄉。那個忠心的小婢追隨左右，不離不棄。三年間東躲西藏，嘗遍冷暖。」言歡語氣淡定，當真像講一個事不關己的故事。

「一天，官府的人找著了他們。追殺之下，大臣受了重傷，命不久矣。這位小姐當時只有八歲，追兵重圍中，將那小婢當作自己的替身推了出去。皇帝抓到這個替身，餘怒未消，說，那位大臣既然自以為正直清高，出淤泥而不染，就讓他的女兒做妓女，不許有人贖她。」

「替身被送到青樓，教習歌舞，十三歲就接客。耳濡目染，淨是煙媚情事。」言歡頓一頓杯子，「就像這隻蚊子，苦苦掙扎，也只能溺斃。某一天，這位小姐良心過不去了，想把蚊子撈起來。你說，蚊子已經溺死，撈起來又有何用？就算她不死，又怎能忍受這小姐再來施她恩惠？」

她神情漸漸激越，「言歡生來不受人憐，是苦是樂都是我的命。任何人都可以幫我，我只無須她來假手！」

她言至此，那個丫鬟與小姐都不言而喻，昭然若揭。

「你說的這個大臣，是前太子太傅葉知秋。」木頭冷冷地蹦出一句。

言歡神情一凜，「你到底是什麼人！」

木頭神色變化莫測，「我聽聞過這位大人的事，正與妳說的相合罷了。那個替身為什麼不說自己是假的？」

言歡輕輕一笑，「她說了，沒人信。小姐跑了，也找不到。所有人都希望她是這個小姐，她在世上孤立無援。」她輕輕站起，腳步虛浮地走向床榻，側倒在床上，像滿心歡喜，又滿腹憂傷，竟大笑起來。

木頭見她半醉，心中打定主意，只能打暈後扛回去交差。便站起來，撣了撣衣襟，道：「言歡姑娘，得罪了。」

言歡手中抓著一根小指粗的紅線，揚手道：「你知道這是什麼嗎？」

木頭一愣。

她扯著繩子，慢條斯理，笑靨如花地接下去，「看來你沒來過這種地方。這樣的繩子在每個房間的床上都有，青樓有許多恩客[11]都不把妓女當人折騰。遇到客人危害到姑娘的性命，姑娘便拉這個繩子，樓下的打手就上來了。」

她話音剛落，房門「砰」的一聲被撞開，三個高大的下奴湧進房，一眼看見一旁的木頭和床上的言歡，一時愣在當場，不明狀況。

言歡纖長白皙的手指飄忽一指，朱唇輕啟道：「這個小賊來我這裡偷東西，捉住他。」

木頭微微一嘆，似乎不為所動，也看不見衝上來的打手，對言歡嘆道：「我雖能帶妳走，卻不想帶妳走。」他目不斜視，一伸手，堪堪抓住一個打手揮來的一拳，順力一折，腕骨脫臼，將那人一掀，擋開後面兩人，往窗櫺上一蹬，躍出窗去，身姿翩然若雁，轉瞬掩入夜色。

蘇離離在棺材鋪後院的葫蘆架下等，木頭忽從牆外飛身而入，一掠直到她面前。見他孤身回來，蘇離離略略一愣，立刻牽著他的袖子道：「你怎麼樣？沒受傷吧，怎麼跳進來了，

11 恩客：嫖客。

也不怕把腿傷著……」

木頭微笑著打斷她道：「我已經好了，沒有事。」

蘇離離聽他雲淡風輕般和煦的聲音，大異於平常，疑道：「言歡呢？」

「有人看著她，她也不願走。」

蘇離離疑心祁鳳翔盯上言歡，低頭沉思道：「是誰的人？那可怎麼辦？更不能讓她落到別人手裡。」

木頭看她著急，並不多說，只道：「妳這位姐姐對妳頗有怨意，妳謀劃的這些她未必領情。她既不領情，妳索性離她遠遠的才好。」

蘇離離愕然抬頭，盯著他的眼睛看了看，不知他知道多少，也不知怎樣開口。木頭的眼神平靜無波，一如他慣常的樣子。他叫她離言歡遠遠的，無論言歡怎樣怨，怎樣說，木頭卻只為她著想，竟是全然信任。

蘇離離十年來漂泊江湖，藏身市井，冷暖自知，只覺木頭這一絲暖意流進心裡，愴然難言，將眼睛激得發酸。她垂下眼睫，黯然道：「我知道她恨我，原是我虧欠了她。」

木頭的手指劃在一個拳頭大的小葫蘆上，「人各有志，不必相強。她不願受妳幫助，就隨她去吧。」

小葫蘆輕輕晃動，拂葉搖藤，煞是可愛，似應和著他的話。

烈日炎炎，近午的時間過得異常緩慢。蘇離離帶著一身暑氣從外面回來，接過程叔遞來的茶水，一口灌了下去，這才笑道：「這麼熱的天，菜市口還斬人，不知皇上怎麼想的。也不知是哪一位大人倒楣，聽說全家有八十多口都被殺了，好多人去看。」

程叔搖頭道：「現在是越來越亂了，皇上也做不了主。誰不知道是太師鮑輝把持著朝政。」

院角裡，張師傅坐在竹凳上，看木頭鋸一塊板子。聞言，他磕一磕旱煙斗，哼了一聲道：「我說在這裡，不出半年，皇上只怕連面子上的龍椅都坐不住了。到時各路諸侯可就有得打了。」他抬了抬眼，道，「木頭，你說是嗎？」

木頭自始至終都沒抬頭，專注地鋸著板子，鋸得那筆直的墨線毫釐不差。蘇離離看看張師傅，又看看木頭，手腳麻利地調了調顏料盤，在一副光漆柏木板上畫一幅沒畫完的松鶴圖。她端詳片刻，落下一筆，道：「咱們還是別說這些，仔細傳了出去。張師傅，你那杉木頭上的花樣什麼時候能雕完？」

張師傅道：「少東家，我這風溼病又犯了，得請兩天假。今天趕工，模樣都鑿好了，有些硌到，讓木頭拿砂紙磨一磨就好。」

蘇離離過去點了點，便道：「如此，你且回去休息吧，後面的我來就好。」

張師傅撐著木板站起來，「木頭，給我這個老人家搭把手。」木頭停下鋸子，扶他站起來。他既扶著，便一路扶張師傅慢慢出去。待兩人出了後院天井，蘇離離望著他們的背影，心裡有些犯疑，擱下顏料盤子，輕手輕腳地跟出去。

她貼著葫蘆架走到後角門上，張師傅和木頭果然站在角門外說話。張師傅不知說著什麼，木頭低著頭，看不清表情。蘇離離側身靠近門口，隱約聽見張師傅道：「亂世爭雄……能不擇主而事……」

木頭忽然抬頭，看了蘇離離一眼，截斷張師傅道：「老爺子的指教我記住了。雕工各有風骨，且看各自磨練吧。你的風格未必是我的。」

張師傅也看見了蘇離離，沉吟一聲，點點頭去了。

木頭看他走遠，轉身回院。蘇離離笑道：「你們在說什麼？」

木頭道：「老爺子教我下刀要順著木料紋理，逆行易錯刀。」說著往裡走。

蘇離離收笑，道：「站住！你們說的我都聽見了。」隨即轉到他面前，「為什麼要騙我？」

木頭正色道：「我不想說是因為我沒當回事，妳也就不必當回事。」

烈日下有蟬鳴貼著樹幹傳來，嘯長而粗糙。蘇離離默默地打量他一陣，伸手拈下他肩頭的一片木屑，道：「別幹重活了。把張師傅留下的活弄一弄。我去做飯，一會兒叫你來吃。」

七月流火，九月授衣。一入七月便下了兩場雨，天氣涼了些。蘇離離想著要不要去看言歡，想了兩天還是作罷，心裡有些鬱悒，只能待在家細細地做棺材。有時看著滿院子的棺材，覺得棺材也是一件有靈性的東西，沉默地訴說跟自己很親近。

七夕這天，街上擺燈，夜市如晝。蘇離離索性拉了木頭逛街。大約時局不好，人們都藉節抒懷，從如意坊到百福街，到處遊人如織，比往年更甚。大紅的、橘黃的、淺紫的、嫩綠的紙燈到處張掛，鮮豔的顏色驅走大家幾許憂慮。

木頭就像一塊會走路的木頭，跟著蘇離離一路沉默。蘇離離也就由著他，只挨著地攤看一些小玩意兒，間或拿個配飾在他身上比一下。走完一條長街，蘇離離對著晚風深吸口氣，笑道：「好久沒出來逛，倒覺得有意思。我記得護城河邊有一家扶歸樓，酥酪做得很好。現在忽然想吃了。」

木頭看她言笑晏晏，金口終於吐出一句玉言：「那就去吧。」

上京內城有河，環城而掘。據說是定都之初依風水祕術所建，護皇家龍脈的靈河。河邊垂柳依依，蘇離離與木頭沿河而行，遊人少了些，三丈長渠，順流漂著些彩燈。遠遠一道拱橋，卻有三人扶欄而立，往開闊處眺望城郭地勢。

彼明我暗，蘇離離無心一瞥，藉著明滅燈火，彷彿覺得中間那人的身形和樣貌與那姓祁的頗為相像，心裡突地一驚。拉著木頭遠遠避開，繞了一個街口，正是扶歸樓。今夜坐客甚多，蘇離離直上二樓，也只剩下窗邊角落的一張空桌。

她拉木頭坐下，忍不住向窗外看去，方才小橋上那三人已不在那裡了。蘇離離輕呼出一口氣，不知他又到京城來做什麼，唯願自己看錯人。她端起跑堂倒的熱茶喝了一口，拿了菜單點菜，正躊躇清風明月小酌點什麼酒時，鐵一般的事實告訴她，她目力絕佳，剛才確乎沒有看走眼。

那三人一走上二樓，便凝聚萬眾目光。祁鳳翔穿著窄袖的織金回紋錦服，並不張揚，卻是細緻處的華貴。腰帶綴著一枚小巧的玉佩，束髮長靴，不似往日風流態度，卻像怒馬彎弓的幽並[12]遊俠。清朗的眉目，襯著這身衣服，允文允武。

他身側的兩人，一個黑衣勁裝，不怒而威，蘇離離覺得他看起來就像是世人都欠了他

12 幽並：豪俠之氣。

錢；另一個寬袖長衫，弱質彬彬，是個文雅秀氣的書生小白臉。與這三人比起來，陪侍一旁的店家如皓月之下的螢火，不足一提。

祁鳳翔的目光犀利地一掃，正與蘇離離看個對著，蘇離離來不及往桌下埋頭，愣在那裡，無言地一嘆。祁鳳翔微一錯愕，忽然便莞爾一笑，對店主道：「那邊不是還有空位嗎？」手臂一抬，直指到蘇離離桌上。

蘇離離當機立斷，對木頭道：「你先避開去，我把他們趕走後，我們再喝酒吃飯。」木頭看了祁鳳翔一眼，劍眉微鎖。祁鳳翔三人已走了過來，店家賠著笑臉道：「客官，這張桌子是六個人的位子，與這三位公子併一下可好？」

蘇離離似笑非笑道：「行，有什麼不行。」

祁鳳翔在店家撣過的凳子上坐下，正要說話，木頭忽然道：「我們在街口點心鋪子訂了點心，這會兒也該做好了。不如我現在去取回來吧。」說完衣襬一拂，站起來便走。

祁鳳翔靜靜注視著他走下樓梯，方緩緩回頭，宛然笑道：「月移花影動，似是故人來。蘇姑娘，又見面了。」

蘇離離心道：你每次見著我都要念詩嗎？看著他一副萬花叢中過，片葉不沾衣的表情，心裡沒好氣應道：「是啊，真是不巧得很。」

「蘇姑娘好像不大樂意見著我啊？」祁鳳翔道。

蘇離離懇然道：「祁公子，俗話說，不怕賊偷，就怕賊惦記。」

小白臉書生「呵」地一笑，欠錢君卻黑臉盯著她看。祁鳳翔大笑，意態卻很溫和，道：「我這個賊不愛惦記。姑娘還記得我姓祁，看來是很惦記我？」

蘇離離握著杯子喝了口水，淡淡笑道：「未必。」

祁鳳翔遞了菜單過來，「既擾了妳的雅興，今天這頓飯我請吧。」

「我已經點了，你點你們的吧。」蘇離離應得懶懶的。

祁鳳翔也不看菜單，只叫店家把有名的菜上上來就好。蘇離離百無聊賴地趴在桌上，聽那欠錢君道：「祁兄，我們說的事就這麼定了，最遲十月。」

祁鳳翔看了蘇離離一眼，沉吟道：「不忙，我還沒找著能去的人。」

欠錢君似很不耐煩，「我去就行，何必找別人？」

祁鳳翔斷然道：「你不行，沒有十足的把握，不能輕舉妄動。」

欠錢君欲要爭辯，小白臉淡淡插話道：「祁兄的意思不是說你武功不濟，而是殺雞不用牛刀。你不是雞鳴狗盜的食客，懲惡鋤奸的刺客，何必屈身行此。」他忽然轉向蘇離離道，「這位姑娘，妳說是嗎？」

蘇離離抬頭打了個哈欠，全無半分姑娘的體統，懵懂點頭道：「是，是，怎麼不是呢。」欠錢君很不屑地看了她一眼。祁鳳翔忽然開口道：「方才與妳坐在這裡的那個人，是誰？」

「我……我朋友，棺材鋪對街裁縫店的莫大。」蘇離離臨時扯了謊，怕木頭身分不好，被什麼人找著。反正莫大也走了，裁縫店也關了。

祁鳳翔不再問，只打量菜單，彷彿在鑽研菜系。少時，店家過來，說菜準備得差不多了，要不要上。蘇離離擺手道：「別別別，我朋友還沒回來。」祁鳳翔也點頭，「那就等等吧。」

等了一杯茶又一杯茶，祁鳳翔泰然靜坐。蘇離離看他閒適的模樣，心道：老娘好好吃個飯，你們三個要來攪，我今天不把你們攆了，我不是就次次都由你拿捏了嗎？她懶懶地看了窗外一眼，拿最無害的小白臉開刀，長嘆一聲道：「公子啊，你看這飯吃的，該來的不來！」

小白臉一愣，似笑非笑，「哈」了一聲，看了祁鳳翔一眼，祁鳳翔頭也沒抬。既然該來的沒來，必然是有不該來的。小白臉書生起身拱手道：「祁兄，今日晚了，我府裡還有事，先回去了。」

祁鳳翔點點頭，「好，慢走。」

小白臉轉身下樓，蘇離離一臉遺憾，望著欠錢君道：「呃，不該走的又走了！」言下之意，還有該走的。那人橫眉冷對，重重「哼」了一聲，起身對祁鳳翔道：「我也走了，說定的事我且去辦，有什麼事你再跟我說。」

祁鳳翔禮貌周到地點頭，「好，有勞。」

欠錢君轉身一走，蘇離離立刻轉向祁鳳翔，怪道：「唉——我又不是說他。」正對上祁鳳翔那雙秋水含情的眼睛，他不慍不火地笑道：「你不是說他，那是在說我了？」

此人比那「哼哈二將」難纏！蘇離離雖沒有大學識，卻知道人分君子小人。小人自是不好，君子有時也太過迂腐，遇著小人往往還要吃虧。故而君子的德行是必備的，小人的手段也不可少。這位祁三公子彷彿深諳此道。

蘇離離訕笑道：「祁兄誤會了，實在誤會。」

祁鳳翔淡笑道：「妳怎麼就知道，他們聽了妳的話就會走？」

分明是蘇離離要趕這三人走，怎麼反倒像是兩人合夥趕走「哼哈二將」。蘇離離立刻覺得不大對，如今只有自己和他，雖在這食客濟濟一堂的地方坐著，還是覺得有種危險從暗中襲來。

她思索片刻，答道：「這兩人一看就是世家子弟，哪受得了別人半點言語。他們又不大瞧得上我這樣粗鄙的市井女子，大約覺得對著我吃飯大煞風景，所以就走了。祁公子你也不必勉強。」

祁鳳翔聽她說得誠懇，一臉善解人意道：「我一點也不勉強。」

蘇離離愈加誠懇道：「你的朋友都走了，你吃不高興；我的朋友又沒回來，我也吃不高興。不如你到明月樓找個姑娘小倌[13]什麼的喝兩杯，水旱通吃去吧。」蘇離離對這水旱通吃一知半解，用起來也自然沒羞沒臊。

祁鳳翔聽了也不怒，竟當真想了想，認真道：「我不喜歡小倌，只喜歡姑娘。」

蘇離離無語，左右一看，好在沒人注意他們的話題。

祁鳳翔又道：「既然妳我的朋友都不在，不妨我們交個朋友，吃飯賞景也是雅事。」

蘇離離連忙道：「好，好。祁公子既想和我做朋友，就本著一顆朋友的心，幫我個忙吧。我委實不願和你一起吃飯，這桌也是我先來，你還是走吧。青山不改，綠水長流，後會有期啊。」說完見他臉色有點沉，又連忙道，「你剛才說做朋友的，可不能生氣，就當幫朋友我一個忙吧。」

祁鳳翔被她這無賴又歪理的話噎住，反而笑道：「好吧，這個忙我幫了，既是朋友，改日再敘吧。」說著站起來要走。

蘇離離連忙叫道：「祁公子。」

「嗯？」他回身。

「那個……你剛才說你請客……」蘇離離無恥地笑。

13 小倌：為男性提供性服務的人，又稱「男妓」。

祁鳳翔額角的青筋跳了一跳，默然片刻，摸出一張一百兩銀票，按在桌上，笑得極其勉強，「找零的銀子我回頭跟妳要。」

蘇離離債多不愁，你既盯上了我，我也不怕你找，欣然收下，道一聲「慢走」，大叫店家「上菜」。

祁鳳翔步出扶歸樓，遠望城郭，忽然覺得好笑，自己竟然被一個無賴小女子訛了一筆，還被趕得灰頭土臉。他走下店門臺階，右首目光一瞥，寒氣逼來。木頭站在大道上，目如寒星，眉似刀裁，冷眼看著他。晚風牽起他的衣角，低低地飄飛。

祁鳳翔負手而立，兀自回看著他。半晌，他狹長的眼睛微微瞇起，低聲笑道：「江秋鏑，你還沒死啊？」

木頭的眼中沒有一絲波瀾，彷彿這是個陌生人的名字，只在一個遙遠的時代存在過。半晌，他冷冷開口，卻只簡潔道：「不要招惹她。」說罷，逕自往樓上去。越過祁鳳翔身側時，祁鳳翔忽然出掌，半途變掌為爪，探向他的肩井穴。

木頭斜肩一閃，避開他的手，一指點向他的膻中要穴。兩人須臾交了十餘招，祁鳳翔一躍退開，笑得如同嗅到獵物的猛獸，「三年不見，險些沒認出你來，壞脾氣不改，功夫倒沒落下。」

木頭收手，動靜自如，仍是冷然道：「你打不過我。」布衣和風，卻身姿挺拔，隱然有分庭抗禮之勢。

祁鳳翔讚許道：「不錯，當初能和你打個平手，現在確實不是你的對手。」

「那就記住我說的話。」木頭說完，衣裾一拂，轉身上樓。

祁鳳翔叫道：「我再約你說話！」木頭置若罔聞，徑直邁步登樓。祁鳳翔看著他身影消失，有些欣賞，有些悵然，轉看夜色下遠遠的城牆，起伏著溫潤的曲線，像亙古更迭的軌跡，興亡盛衰的傾訴。

三年前幽州的校場上，幽燕兵馬節度，使祁煥臣將一襲紫金菱紋條掛在軍營高臺之上，對客訪的臨江王笑道：「今日且看我軍中良將爭鋒。」那年，祁鳳翔二十歲，已是右軍總領，當先上前，快意拚鬥，直打到高臺之下。

一個十二、三歲的少年忽然從中殺出，招招精妙，料他先機，竟是平生少見的敵手。他們足足戰了大半個時辰，將一幅菱紋條從中撕裂，各執一半，滿場喝彩。祁鳳翔將半幅繡緞獻給祁煥臣道：「孩兒不才，父帥見諒。」

祁煥臣卻看著那個平分秋色的少年，對臨江王道：「令郎實是龍駒鳳雛，假以時日，才略定在翔兒之上。」

臨江王拈鬚，笑得慈藹，道：「元帥過譽了。」

江秋鏑離弓寶馬，意氣風發，卻沉穩內斂，只將繡錦往案上一放，默立在旁。彼時兩人互相打量，心生相惜之慨。

半年之後，臨江王被論謀反，實是被逼反。幾路諸侯奉著皇命征討，頃刻樓塌屋坍，一朝權勢付諸東流，敗北殞命。幽州負手觀戰，聽聞敗績，祁煥臣淡淡一嘆，「臨江王早知今日之殤，何必當初入這俗世。」

祁鳳翔卻驀然想起那個奪去他半幅紫金菱紋條，眼睛明亮得直指人心的江秋鏑。不想三年之後，卻見他穿著尋常布衣，坐在市井酒樓，手無寸鐵，身無片金。再見之下，祁鳳翔不禁有些壯志雄心的激昂，與天地傾覆的滄桑混雜在心裡。他靜立良久，搖頭笑道：「這孩子，我要打過你，不必非要親自動手嘛。」

蘇離離的一桌子菜端上桌時，木頭也坐回來，見狀皺了皺眉，「怎麼這麼多？」

蘇離離筷子一齊，道：「剛才那個人請客，吃不完打包，省了我這兩天做飯。」

木頭不動筷子，「妳怎麼認識他的？」

蘇離離下意識狡辯，「誰說我認識他了……」狡辯不過時結巴道，「好吧，我認識，就是上次在定陵招來的鬼。」一面說著，一面夾了一點脆藕芋泥做的素炒腿肉，放到木頭的碗裡。

木頭望著那腿不像腿，肉不像肉的東西，繼續皺眉道：「祁鳳翔是幽州守將祁煥臣的第三子，才略比他父兄都要高。更可怕的是他心機深沉，手段狠辣。」

蘇離離道：「這個像骨頭的是蓮藕切成細條，外面捲了芋泥炸的，看著像雞腿。你要是喜歡吃，我也能做。」

木頭仍然不吃，數落她道：「什麼人不好惹，妳去惹他！回頭連骨頭渣都別想剩下。」

蘇離離輕輕擱下筷子，默然半晌，似疲倦地說：「木頭，我們不說這個好嗎？今天我生日，陪我好好吃頓飯。」

木頭望著她沉默片刻，道聲「好」，伸手握了白瓷酒壺，將二錢的酒杯倒滿八分，蘇離離舉起杯來仰頭喝盡。木頭用筷子夾了芋香素腿肉默默地吃。

蘇離離端著杯子，一手支肘撐著頭，已有幾分酩酊，望著他微笑道：「我許多年沒有這樣過生日了，有這麼多好吃的，還有真正待我好的人陪著我。」

她說得傷感，木頭卻抬頭笑道：「是挺好吃的，只怕妳做不到這麼好吃。」

蘇離離也不放任自己感傷，便夾了一筷道：「那我也嘗嘗。」

兩人鼓起意興，將每樣菜嘗了嘗。蘇離離一杯杯抿著，喝得高興，跟木頭說些坊間的趣事。常人喝酒原是越喝越鬧，蘇離離卻越喝越靜，最後只端著杯子莫名地微笑。兩壺酒斟完，木頭道：「妳別喝了，吃點飯。」

蘇離離也點頭道：「不喝了，酒沉了。」又盛了一碗湯抿著，木頭指點菜肴，品評滋味，蘇離離紛紛讚許，直吃到亥時三刻。店老闆為難地說：「兩位客官，小店要打烊了，兩位要不明天再來？」蘇離離豪爽地把祁鳳翔的銀票一拍，「拿去吧，不用找了。」站起來，人有些飄，卻徑直往樓下走。木頭緊隨她身後。蘇離離疑心，這樓梯怎麼突然變得寬窄不勻了，她竟也穩穩地走下去。

走到外面大街上，燈火闌珊，空曠無人，河岸寂靜。木頭見她越走越靠邊，怕她摔到河裡，伸手拉她往家走。蘇離離由他牽著走了丈餘，忽然甩開他的手道：「你牽著我做什麼？」

「妳要掉到河裡去了。」木頭無奈道。

「我沒有你也一樣走得回去。」

「我既在這裡，暫且可以為妳找找路。」

蘇離離抬頭斜睨他兩眼，冷笑道：「我是荒原枯藤，你是天地沙鷗。偶然倒了楣才落到這裡，難不成還在這棵樹上吊死了？」

木頭一愣，蘇離離頭也不回地甩下他往前走。走出去五步，腰上一緊，一道力量將她拉得往後一仰，落入溫暖的懷抱。木頭的聲音與氣息近在耳邊，帶著固執和強硬，「我飛得出去，就飛得回來！」

蘇離離原本想笑，卻溼潤了雙眼。他的手臂用力地箍著她，臉貼在她的頭髮上，一些溫軟的鼻息穿過髮根，撫觸著皮膚。蘇離離轉過身，把臉埋到他的懷裡。

擁抱本是一種撫慰的姿勢，在這靜謐、空曠的河邊，卻是一種突兀的承諾與依偎。

蘇離離很少喝酒，更很少醉酒。據說喝醉後會記不得說過的話和做過的事，早上醒來和衣[14]躺在家裡，除了頭疼，也沒什麼大不了的。

木頭說：「沒見過像妳這麼喝的，喝成眼淚珠子掉我衣服上。」

蘇離離堅決否認道：「姑娘我千杯不倒，萬杯不醉。你喝湯灑了吧，反過來賴我。」

木頭冷哼一聲：「喝暈了還站在涼風裡，到底傷了風。我不把妳抱緊些，只怕要得傷寒重症了。」

蘇離離頓時丟盔卸甲，大窘而去。

養了兩天風寒，一早起來，陽光明媚，萬物宜人。程叔在院裡獨自招呼幾個小工釘板子，蘇離離轉了一圈，奇道：「木頭呢？」

程叔道：「秋高氣爽，跟張師傅到棲雲寺遊玩去了。」

14 和衣：不脫衣服。

蘇離離大怒，「這兩天貨正趕得急，他還有閒心跑去遊玩。不想做棺材，想做和尚了！」

程叔笑道：「你就放他一天假吧，他自腿傷痊癒後，也沒出去逛過。」

蘇離離小聲嘀咕，「逛就逛吧，也不知道叫上我。」

蘇離離原以為木頭會細問她認識祁鳳翔的事，然而從她酒醒過後，木頭也不曾問過一個字。倒弄得蘇離離自己問他怎麼認得祁鳳翔的。木頭說曾去過幽州，祁煥臣領兵北伐時出城，人群裡見過。蘇離離聽了，也不知該不該信。

這天午後，祁鳳翔卻自己來了。左顧右盼地進了棺材鋪，蘇離離正坐在櫃上和木頭對帳，祁鳳翔優遊地走上前來，叫聲「蘇老闆」。蘇離離「哎」了一聲，「祁公子來了。」

祁鳳翔把棺材鋪大堂前前後後看了一遍，笑道：「妳這個鋪子倒好找，看著也不錯。」

談到鋪子，蘇離離一副老闆的樣子，賠笑道：「那是啊，祁公子要照顧我生意？」

祁鳳翔點點頭，「既然來了，就照顧一個吧。」

蘇離離讓木頭拿出帳冊來，翻開便問：「什麼材質？花色？尺寸？」

祁鳳翔看著木頭，瞇起眼睛想了想，蹙眉道：「這個我還真不知道，材質也不用太好，中等吧。做寬些就是，要裝得下一個大胖子。最關鍵的一點，在棺材蓋上刻四個字——祿蠹[15]國賊！」

「什麼賊？」蘇離離問。

祁鳳翔討過她的筆，冊上落墨，筆力嚴峻森然，擱筆道：「便是這四個字。」

蘇離離瞅了一眼，淡淡道：「定金一千兩。」

「蘇老闆是想攜著定金潛逃嗎？開這麼大的口。」

蘇離離認真道：「難道我像騙子？還是只騙一千兩的那種？」

祁鳳翔嘿然笑道：「是我小人了，一千兩銀子原不足一騙。來日我遣人奉上吧，明天我回幽州，大約十月中旬來取貨。蘇姑娘勿要忘了。」

「生意的事我忘不了。」

祁鳳翔眼睛指點木頭道：「這不是裁縫店的莫大嗎？」

蘇離離頭也不抬，仍是淡淡道：「那是騙你的，他叫木頭。」

祁鳳翔拊掌大笑道：「這個名字好，看他面色神態，人如其名。」

木頭額上的青筋隱隱浮現，待祁鳳翔走後，板著臉對蘇離離道：「銀子不是這麼好訛的。」

15 祿蠹：熱中追求官祿的人。

蘇離離搖頭，「祿蠹國賊不是誰都能做的，這個價已經便宜了。」

蘇離離最終挑定了杉木做這一口棺材。木頭親自動手，精雕細琢，把那四個字刻上，又從書房裡翻來些符咒，刻在棺蓋裡面。

蘇離離奇道：「這是誰呀？你要人家不得超生。」

木頭冷冷道：「既是祿蠹國賊，自然不用超生。」

這時正是九月初，天涼秋深，萬物隱含肅殺之氣，天地醞釀翻覆之象。蘇離離那根敏銳的汗毛似觸到某種危機，夤夜輾轉，難以成眠，猜不透平靜表面下埋著怎樣的波瀾。這夜睡得不實在，隱約覺得有幾根微涼的手指撫在自己臉上，如夢魘一般揮之不去。

有人輕聲喚道：「姐姐。」蘇離離聽得是木頭，努力想睜開眼睛，卻被睡夢拽住，怎麼也睜不開。她靜靜等待他再次開口，木頭卻始終沒再說話。不知多久，蘇離離睡沉了，甚至比平時起得晚。

她醒來便覺得不大痛快，心裡默默思忖，坐起身來，掀起被子下床時，這數日的不安終於有了著落——枕邊露著一角白紙。她抽出來，上面是木頭清秀的字跡：『不要相信祁鳳翔。』

蘇離離披著頭髮衝到院子裡，推開木頭的房門，被褥整齊，窗明几淨，床上橫放著那柄市井俗貨。蘇離離一時把握不住這是什麼意思，愣愣地站著。程叔不知何時站在她身後，靜靜道：「木頭走了，昨夜跟我告辭。」

「他說什麼？」

「他什麼也沒說，只說他走了，叫妳萬事小心。」程叔洞察世事，「離離，他終不是池中物，不會就此終老於市井，妳……唉。」

蘇離離牙縫裡蹦出三個字：「白眼狼。」欲要再罵，卻說不出一句話，轉過身來，但見碧空如洗，圈在院子的圍牆裡，寧靜有餘，卻不足鷂鷹展翅。終是你的天高地遠，我的一隅安謐。

蘇離離猝然倚靠在門柱上，默默凝望著自己的一地棺材。

七日後，太師鮑輝弒君自立，京城九門皆閉，兵馬橫行。蘇離離關在城中，自然不知外面州郡已然易幟紛起，各路封疆大吏沒了皇帝，各自建政。如同本就瀲灩的湖面投入一塊巨石，波瀾橫生，天壤倒置。

這脆弱的、勉力維繫著大統的天下，終於大亂了。

九月十三這天，烏雲密佈，城中也愁風慘雨。蘇離離晚上裹在被子裡，只聽見外面兵馬往來，難以成眠。太師府已下嚴令，申時之後，街上禁行，有違令者，立斬。每天天不黑，各家已是關門閉戶。

蘇離離睡不著，索性披衣起身，散著頭髮走到後院的葫蘆架下坐著吹風。那昏君死了，大約是這些年來最為大快人心的事。她縱然命如螻蟻，也有恨的權利。像千鈞的擔子忽然折了，一時間竟茫然起來。

牆外又一隊巡邏的兵士腳步整齊地走過。蘇離離仍坐在葫蘆架下不願走，彷彿這裡有什麼值得留戀的記憶。四周靜下來時，角門上輕叩了三聲。蘇離離驟然驚起，凝神細聽。敲門聲又起，有點驚慌，又有點急促。

蘇離離躡手躡腳走到門邊，輕聲問：「是誰？」

門外小聲答道：「是我，老張。」

蘇離離連忙打開門，張師傅牽著一個孩子，閃身進門。三人屏息片刻，張師傅低聲道：「進去說。」

蘇離離帶他到內院，關好四面的門，叫起程叔，點了一支小燭。張師傅藉著燭火點起一袋菸，吸了一口，道：「少東家，我最近有些事，要冒險出城一趟。這個孩子是我一個遠房親戚的，想暫時留在妳這裡。」

蘇離離看去，那孩子只有八、九歲，躲在張師傅身邊，神色畏縮。蘇離離看程叔，程叔咳嗽道：「這兵荒馬亂的，有什麼不能留。且住下就是。」

張師傅將那孩子拉到身前，柔聲道：「這位姐姐和老伯都是好人，你莫要害怕。」孩子穿著一件粗布衣服，皮膚卻細膩白皙。

蘇離離道：「你叫什麼？」

他望著蘇離離膽怯地開口道：「我叫于飛。」

蘇離離驀然想起木頭剛到這裡時，也是這般戒備猶疑，只是眼神之中比這孩子多了幾分堅毅。蘇離離笑道：「你別怕，這城裡的大人們發了瘋，才鬧得震天動地。咱們別理他們。」于飛懂事地點點頭。

天明時分，張師傅辭去。之後十幾日，蘇離離都默默守在店裡。于飛很沉默，尾巴一樣地跟著蘇離離，像是被人拋棄的小狗，找著了主人。蘇離離本是個心軟的，也就真心誠意待他好。

因為街上亂，程叔不讓蘇離離上街，自己出去買食用之物，有多少買多少，都屯在店裡。然而京城的物資卻越來越短缺，兵士又搶掠，挨過這幾日，也不知道往後如何。蘇離離望牆興嘆，這天下治起來不是朝夕之功，毀起來卻一夜蕩盡。

那位太師大人弒君篡政，將皇室宗族屠戮一空，意猶未盡，大駕擺到街上，看誰不順眼就殺誰。京中各富豪之家、敵對的朝臣府邸，通通抄了一空，充入國庫。花天酒地，縱欲無度。這時節，人命如草芥，惜命之人皆縮頭在家。

十月初時，又有消息傳來，外面的軍隊舉著為皇帝報仇的旗號，打到京城來了。京城勢單力薄，難以久持，一些人便破罐破摔。那太師鮑輝大人，似乎也抱持這樣的態度，既集結不起有力的抵抗，便放火燒城。京城繁華一世，終淪為人間地獄。

蘇記棺材鋪正在百福街角，燒了半個鋪面，幸虧風向朝外，才止住了火。覆巢之下，蘇離離也不驚不急了，只將內門改做大門，關上避個風雨。這天她爬上屋頂看去，城西方向正燃得熊熊，黑煙直衝上天。

她順著梯子爬下去，回房裡抱了木頭留下的那柄市井俗貨，拿著覺得又長又重，不趁手。放下那劍，又去廚房舉了把菜刀，拉開門要出去。于飛拽著她的衣角道：「蘇姐姐，妳去哪裡？」

蘇離離擎著刀道：「我出去找程叔，他去了半日還沒回來。你好好待在家裡，要是有人闖進來，就到後院堆雜物的空水缸裡躲躲。」于飛應了，蘇離離出來帶上門，但見百福街上一片荒涼，到處是斷垣殘壁，有人在廢墟裡扒東西，有人在不明原因地奔逃。

蘇離離一路走去，沒見著程叔，轉了兩個街角，便到了西面明月樓。方才望見這條街上正燒著，明月樓也塌了大半，早已關門大吉。門邊擠著幾個驚慌失措的姑娘。蘇離離站在前門大聲道：「言歡姐姐，言歡姐姐！」

叫了一歇，汪媽媽那張圓圓的臉從裡面探出來，望她一眼，也沒了慣常的一驚一乍、談笑風生，反不悲不喜道：「蘇老闆，歡兒上個月被人贖走了。」

城西門那邊傳來喧嘩聲，蘇離離大聲道：「去哪裡了？」

汪媽媽漠然地搖搖頭，「不知道。」

上個月，是了，皇帝已死，言歡自然是可以被贖出來的。可她被誰贖去，去了哪裡，竟也不告訴自己一聲。蘇離離站了一陣，有些茫然，城西那邊的喧嘩聲漸漸震耳欲聾。她轉身往回走，剛走過一條街，就見亂軍從城門邊退來。一個滿臉是血的兵士，依稀叫道：「城破了，城破了，快逃命啊！」

蘇離離以前見著定陵八爪臉，覺得很可怕；此時這張滿是鮮血，大聲呼救的臉孔應是比八爪臉更加恐怖才是，蘇離離見了卻沒有想像中的怕，於退兵中逆流向前，只想回到店裡。她穿的雖是男裝，身形卻很單薄，恍惚中不知是被哪個潰兵拖了一把，蘇離離不認識那人，便一刀砍過去，幾點液體濺到臉上。她也不多看，掙開就跑。耳聽一個人說：「他朝城門那邊跑，肯定是奸細，捉住他！」

蘇離離不及細看，回身揮著菜刀，拚命一般亂砍過去。背後有嘈雜的馬蹄聲衝了過來，刀影在眼前晃。耳邊「嗖」的一聲風響，一支長箭越過她的臉側，直沒入面前那潰兵的咽喉。那人慘叫一聲，朝她倒過來。蘇離離無暇多想，一手抓住箭桿，一刀揮去砍上他的頸側。菜刀嵌在那人脖子上，隨他倒下。蘇離離一愣的時間，背後的騎兵如風一般掠過，人已被凌空抱起，摔得趴在馬背上。

她尖叫一聲，掙扎起來，手被那騎馬的人捉得很緊，掙脫不開。那人勒馬站定，沉聲道：「蘇老闆，妳扭來扭去的可好。」蘇離離覺得這聲音有些耳熟，語調卻又過於冷靜沉穩，一時分辨不出是誰。那人已將蘇離離提起來坐穩在馬鞍上，評道，「砍人倒是俐落，只是下手時不可驚慌失措。」

蘇離離望見祁鳳翔那張沾著烽煙的俊逸面龐，四目相對不過數指距離。祁鳳翔看她嚇得愣愣地望著自己，原本嚴肅的表情也漾上笑意，增添幾分往日的調侃態度，道：「我上次定的棺材做好了沒有？」

「啊？」蘇離離的腦子有些卡。

「我說過十月中旬來取貨，妳該不會劈了當柴燒了吧？」祁鳳翔仍是笑。

蘇離離回過神來，點頭，「做好了。」驟覺他雙手合在自己腰上，自己坐在他馬上，半倚在他身上，忙推他道，「棺材早做好了，就等你來取。」手卻觸到他冰涼的鎧甲，抬眼打量，祁鳳翔一身銀甲，肩直腰束，盔纓飄拂。

他落落大方地鬆開蘇離離，將她提起來放到馬下，交代一個親兵道：「帶她去找應公子。」又回頭對蘇離離溫言道，「妳不用怕，跟他去吧。回去把棺材的灰擦擦，我明天來取。」他說完，笑了一笑，將馬一打，穿過長街而去。

他身後的騎兵也跟著他，風馳電掣般朝城心殺去。蘇離離看著這一隊騎兵過盡，被那親兵拽了一把才跟著他走。後面大隊人馬進來，與潰兵交手，百福街那邊零星巷戰。蘇離離此刻也過不去，只得跟那親兵在入城的軍士中穿行。漸漸走到城門邊上，只剩了百餘步兵，圍著一輛樸素的大車。

親兵走到車旁，稟道：「應公子，三爺令我帶這個人來見你。」車裡有人漫不經心地應聲「知道了。」親兵徑直離去，蘇離離站在車外，半天不見車裡有動靜，也不知是哪個應公子，這般大架子。又站了一會兒，蘇離離咳了聲道：「應公子，沒有別的事，我先走了。」

車窗處忽然探出一人來，蘇離離認了片刻，才認出是扶歸樓裡跟祁鳳翔同行的小白臉書生，「哼哈二將」的「哈先生」。「哈先生」已然笑道：「原來是姑娘，恕我怠慢了，且上來小坐片刻？」

蘇離離看看那大車，推辭道：「不必了，我先回去了。」

小白臉道：「姑娘還是上來吧。這會兒入城正亂，妳出去不到十步，說不定就被人殺死了。待祁兄安頓下來，我再送妳回去。」

蘇離離只得上馬車，車上甚寬，擺了一案的文具。小白臉書生略施一禮，道：「在下應文，上次匆匆相見，也不曾通姓名。姑娘可是姓蘇？」蘇離離心道，上次我趕你走，你當然通不了姓名，嘴裡卻簡潔答道：「是，應公子客氣了。」

應文也不多說，伏案修改一篇文稿。蘇離離瞥了一眼，是安民告示，遲疑道：「這是……哪裡的軍馬？」

應文一手寫著，嘴裡卻答道：「幽州戍衛營的。祁大人已傳檄[16]討賊，三公子正是麾下先鋒。」

蘇離離心想，以祁鳳翔往來京城的頻率，自是經營許久，如今戡亂，自然先下京城，方可坐領諸侯。只怕祁家有此心思，不是一日兩日，正好鮑輝弒君，給了名正言順的機會。蘇離離三分漠然，三分了然，看在應文眼裡，他輕輕一笑，收起文書，敲車道：「我們走吧。」

馬車緩緩行過如意坊，轉到百福街，正是蘇記棺材鋪燒焦的門面。蘇離離告辭下車，踢開斷木進了內院，見別無異狀，喚了于飛兩聲。于飛從後院奔出來，撲到她腿上。蘇離離左右看了看，問：「程叔還沒回來？」

于飛搖頭，說：「剛剛有城邊的潰兵進來，在院子裡翻了一陣，沒見錢財，就要燒房子。後來有人打過來，他們就跑了。」

蘇離離抱著于飛，默然無言。半晌，起身去廚房找了些東西，兩人胡亂吃了。一直到晚

16 傳檄：發布曉喻或聲討的文書。

上，程叔也沒回來。蘇離離在床上坐著，也不知過了多久，聽于飛已睡熟，才倚在床頭模糊睡去。

恍惚中，她看見很多年前暫住的一個山谷，鶯飛草長，天色昏暗不明。她坐在那斜草道旁，只覺得寂靜空曠，冷得不似人間。遙遙的路上駛來一輛板車，車前掛著一盞鮮豔欲滴的紅紙燈籠，燈籠上墨色漆黑，寫著一個隸體的「蘇」字。

蘇離離看不清楚，站起來喊「程叔，程叔」。拉車的騾子踢踢踏踏將車拉到她面前，車上卻沒有人，只有一具沒有上漆的花板薄皮棺材。蘇離離又小聲叫了一聲「程叔」，程叔還是不見蹤影。

她猶豫著上前，順著棺材蓋子拉開一尺，赫然看見木頭的臉，慘白得沒有一絲血色，躺在棺材裡，似是死了。蘇離離大驚，想推開棺材把他拉出來，那棺材蓋卻怎麼也推不開了。

蘇離離伸手摸到他臉上的冰涼，四顧無人，連一個救他幫她的人都沒有，只有滿目的空寂，霎時淚流滿面，從夢中驚醒過來。伸手一摸，臉上溼了，她起身去院中洗了把臉。水冰涼，風侵骨，正是後半夜寂靜之時，月色清輝灑滿一院。

夢境清晰得猶在眼前，卻有一種感覺篤定地告訴蘇離離：木頭不會死的！他那樣的人怎麼會死，他傷得那樣重都不曾死，如今傷好了，更不會死。心中卻有另一種忐忑不安，像被什麼東西指引，她慢慢踱到內院門前，拉開門閂，是焦塌的鋪子大堂。蘇離離一步步走出去，地上有斷垣，有燒掉一半的棺木，有她坐過的搖椅，有踩舊的門檻。

門檻外，程叔靜靜地躺在地上，月光下的臉慘白得沒有一絲血色。蘇離離走到他身旁跪下，祈求而膽怯地叫了一聲：「程叔。」

程叔沒有應，手指緊摳著蘇記棺材鋪的門檻，人已經死了。

肆・客來桃葉渡

天明時分，難得有陽光照進院子。蘇離離擰一把毛巾，水淅淅瀝瀝滴到盆裡。她跪在地上展開毛巾，細細地擦程叔那雙枯瘦的手。這雙手多年來扶著自己櫛風沐雨，不離不棄。于飛蹲在一旁，默默陪著她。

蘇離離擦完，將毛巾扔進盆子，對于飛道：「你起來，抬著程叔的腳，我們把他放到棺材裡。」本要賣給莫大的那口香樟老棺材矗立一旁。都說人死魂去，屍身會分外重，兩人費了很大的勁才將程叔有些僵硬的身體抬起來，裝殮進獨副的香樟板裡。

蘇離離扯了扯他的袖口，又將他的頭扳正。于飛忽然道：「父皇當時也是這樣子。」蘇離離陡然回頭望向他，「你說什麼？」他有些失神害怕，道：「父皇和皇兄他們當日就是這樣躺在披香殿，沒有人管。」

蘇離離注視他的眉目，眸子黑白分明，帶著脆弱的稚氣，與他父親暴虐的心性毫無沾染。于飛怯怯道：「蘇姐姐，妳看我做什麼？」蘇離離扶著棺沿，轉視程叔，輕聲道：「我父親死的時候，我和你一般大。我抬著他的腳，程叔抬著他的頭……就像我們今天這樣……把他裝進棺材。」

她默默望著程叔斑白的鬢髮，彷彿穿過時空聽見他溫言勸她，「小姐別怕，老爺雖不在了，我至死也會看護著妳的。」一陣突來的虛弱擊中她，蘇離離伏在棺沿上，卻無淚可落。

于飛伸手拽住她的衣角。蘇離離的內心有許多話沒有對他說出來。你的父親殺死了我的父親，到頭來他在宮中無人收屍，到頭來你也跟我一樣可憐。蘇離離忽然抬頭「哈」地一笑，說不上是悲還是喜，撫過于飛的頭髮，柔聲道：「你餓不餓？忙了這一早上，我還沒弄點什麼給你吃。」

于飛搖搖頭，小聲說：「我不餓。」肚子卻「咕」的一聲反駁。蘇離離拉他站起來，拂了拂身上的塵，道：「我們去廚房看看。」話音剛落，身後的門一響，有人進來，卻是張師傅，還帶著四個兵士。

蘇離離淡淡地掃了他們一眼，道：「張師傅來了，看看程叔吧，我就要蓋棺了。」張師傅聞言，快步上前，探到棺頭，「老程怎麼……」

蘇離離伸手一指簷下的黑漆棺材道：「那是你們要的棺材，抬去吧。」

張師傅詫異地抬頭看她的臉色，是難以言喻的平靜，他沉吟道：「少東家怎知我們是來抬棺的？」

「他們的服色不是祁家的兵士嗎？到我這裡來不就是為抬棺材嗎？」

張師傅道：「這孩子住了這些日子，我也要帶他走。」

蘇離離手抓著棺沿，沉默片刻，轉頭看向于飛。于飛躲在她身後搖搖頭道：「我不走，蘇姐姐。」

蘇離離看向張師傅，張師傅搖頭。她便蹲下身，拉著于飛的手道：「你去吧。別怕，世上的事躲不過。怕沒有用，又何必要怕。」木頭說怕既沒有用，妳何必要怕；世上的人打不倒我們，打倒我們的原只有自己。她一念及此，竟綻開一個溫柔的笑，將于飛牽到張師傅面前。

張師傅似不認識蘇離離一般地上下打量她，欲言又止，終是牽了于飛走出門外燒焦坍塌的鋪面。于飛扭頭看著她，泫然欲泣。四個兵士到簷下抬了那黑漆棺材跟在後面，「祿蠹國賊」四個凹凸的大字在棺面上閃過。

蘇離離忽道：「等等。」

張師傅站住。蘇離離問：「木頭在哪裡？」

「老朽不知。」

蘇離離扶著程叔的棺沿，清清冷冷道：「你既是祁家的人，勸他亂世擇主，不就是勸他歸向祁氏嗎？你跟他去棲雲寺遊玩，不就是帶他去見祁鳳翔嗎？」

張師傅面露賞識之色，坦然道：「木頭自有打算，非我淺薄言辭可動。」

「我只想知道他在哪裡。」

張師傅搖頭道：「這個我也不清楚。他與祁三公子似是舊識，確是在棲雲寺密談良久，但我不知談了什麼。」他話鋒一轉道，「祁三公子始克京城，有許多政務要忙。祁大人的後隊大軍不日也要趕來，他脫不開身才託我來此，說空了再來看妳。」

蘇離離輕柔飄忽道：「看我？我有什麼好看的。張師傅，你不來看看程叔嗎？看看他是怎麼被人折磨死的？」她伸手去拉程叔的手，那手卻僵硬得拉不動了，隱約可見指甲泛著青灰，皮膚帶著烏紫色。

「你看看他的手，他的手被人折斷了。肋骨也被人打斷了，腿骨也扳不直。」蘇離離撫著程叔的手，「唯有頭臉是好的。你說，別人這樣折辱他是要做什麼？是要逼問什麼？是想知道什麼？」

張師傅大驚，鬆開于飛來到棺邊，細細查看程叔的屍身。蘇離離冷眼旁觀。張師傅看了良久，沉聲道：「少東家的意思，是疑心三公子所為？」

蘇離離不語。

張師傅道：「妳在這裡也不無危險，不如……」

蘇離離下巴一抬，「店小利薄，恕不遠送。」

張師傅沉默片刻，嘆息一聲，站起來道：「稍等一會兒，我半個時辰就回來。我們送老程入土吧。」

那天下午，正北門外，祁煥臣幽州的數萬大軍到了京城；黃楊崗上，蘇離離卻默默地挖了一個九尺深坑，和張師傅一起將程叔掩埋了。棺木入墓的那一刻，塵埃飛舞，揚起舊日懷想。蘇離離燒了紙，祭了酒水，一路無言而回。

又過了一日，大街小巷裡，應公子的那張安民告示被一旨皇榜取代，將已死的皇帝追諡為「戾」帝，百姓叫得直白，曰昏君。昏君一族都被太師鮑輝殺盡，只得一個八歲幼子逃脫，便被推繼皇帝之位，立朝改元。

太師鮑輝被祁軍殺死，裝入一口黑漆大棺，棺上刻著四個遒勁的大字「祿蠹國賊」——真正蓋棺定論！棺材放在街市中心，百姓用火燒，用石頭砸，將屍帶棺一起銼骨揚灰。

宦海之中，有人身敗名裂，有人登頂冠絕。八歲的小皇帝再下聖旨，將祁煥臣封為護國公平原王，祁煥臣三子皆封侯，軍政之事一併交於祁氏。祁家挾著這皇位正統，發出檄文，號令天下。天下諸侯割據，強弱不一，卻也不敢冒頭攖[17]祁氏之鋒。

京畿秩序很快復原，百姓擁戴平原王。最先入城的祁三公子祁鳳翔則風靡萬千少女，傾倒無數美人，他的英姿逸事一時在京中傳為佳話。連茶樓說書的都談著祁三公子怎樣連克堅城，救生靈於水火，拯黎庶於暴虐。

蘇離離聽了一笑帶過，仿若不識，另請人將鋪子翻修一番，仍如以往過活。只將蘇記棺材鋪的門檻削去，成了大豁門，旁人也不知她何意。她無事時將木頭稱為市井俗貨的那柄劍練了一練，雖是混練一氣，卻比原先順手多了。她晚上抱著劍睡覺，力量也足了一些。

17 攖：觸犯、接近。

世間有許多人與事，無法改變，便無可留戀。想著活著的人，哪怕遠在天涯，也覺得心裡慰藉，唯覺思念入骨，是生來不曾知曉的悱惻縈繞。像一種癮，沉迷難戒。唯一可依傍的，就是那句「我飛得出去，就飛得回來」。

大年三十這天，流年不變，朝綱已改。祁煥臣為示氣象一新，由幼帝下旨，在城中滿排花燈，大放煙花，與民同樂。蘇離離乘著意興去看了一番。燈雖勝過七夕，卻不及七夕意暖。

回到家裡，穿過後院到了鋪子內院，見空空的院壩，孤燈一盞，一人坐在竹凳上，闊袖白衣，謫仙一般出塵，白瓷酒甕擺在面前的小几上。見蘇離離回來，祁鳳翔舉杯吟道：「筵樂辭已盡，弦月西向斜。人生有幾何，流年豈堪誇？」

蘇離離前後左右看了一遍，祁鳳翔低低笑道：「蘇姑娘，對不住得很。我本想請妳喝酒，可是妳不在，我又不好等在門前。幸而妳家的門不怎麼管事，我便冒昧進來了。」他將手優雅地一伸，「請。」

蘇離離看他那怡然大方的態度，一時分不清誰是主人，誰是客人，踱到他面前坐了。祁鳳翔將她對面的杯子斟滿，舉杯道：「我敬妳。」

蘇離離不碰杯子，「我不喝酒。」

祁鳳翔放下杯子，有些不悅，有些薄醉，道：「妳我相識也近兩年了，晤面卻只四次。今日除夕，不妨飲一杯，只此一杯。」

蘇離離略一遲疑，端起杯子喝了，只覺酒味醇香。祁鳳翔一笑，仰頭飲盡，將她上下打量了一番，見她眉宇疏淡，眼眸靈秀，頰色柔潤白皙，尖尖的下巴帶出幾分清麗，神情殊無半分愁苦，只比前時沉默幾分，不由得讚許道：「姑娘不僅聰明，還頗具堅忍。」

蘇離離不鹹不淡道：「祁公子今日不在平原王膝下伺候，卻來此閒談。」

祁鳳翔自己再斟一杯酒道：「我想了半日，覺得妳這裡最好。方才來了，果然很好。」

「我這裡有什麼好？祁公子征戰之人，就不怕晦氣？」

祁鳳翔搖頭，「棺材並不晦氣，卻能參悟生死。妳方才沒回來時，我與妳的棺材聊得很是投機。」

蘇離離一向以為只有自己才會與棺材說話，不想祁鳳翔也省得這靜默中的沉鬱。蘇離離默默審視不遠處的一口薄皮棺材。因為修葺店面，原先存下的木料已所剩無幾，院子裡空曠許多。

「那天的事，張師傅跟我說了。」

「哦？」

祁鳳翔正色道：「妳那位老僕之死與我無干。我險惡之事敢為，有些事卻不屑為之。」

蘇離離默然，既不信，也不疑，只揣摩不透他今日來意。祁鳳翔也不再辯，又將杯中酒飲盡，再斟一杯，笑出幾分冷意，「蘇姑娘大可放下心來，我並非妖魔鬼怪，今日來此也不是作祟。」

蘇離離忍不住微微一笑，應道：「大節之下，萬家團聚，祁公子反顯得落寞了。」祁鳳翔點頭，「有時越是家人，倒越是生分。越是熟人，倒越是疏離。言笑談吐，無不顧忌，倒不如找個不那麼熟的人，還能聊得坦然有趣。」

蘇離離仰天道：「你心有所寄，知道自己要做什麼。我最近卻悶得緊，不知道自己該做什麼好。」翻覆之下，仇已釋，愛已別，親人離喪，孤身隻影，才覺天地茫然。這番話聽來像是尋常抱怨，此時卻覺祁鳳翔能解她深意。

祁鳳翔狹長的美目淡淡一掃，足將冬日嚴冰融成涓涓春水。他語調微揚，含笑道：「蘇老闆就沒想過嫁人嗎？」

蘇離離聽他說得輕佻可惡，眼睛一豎，怒道：「嫁人！老子有房有業，有吃有喝，憑什麼！」

蘇離離初見祁鳳翔，便成了老鼠見貓的定勢，再見之時，也無不抱頭逃竄。只在扶歸樓稍微扳回一局，卻從未如此豪放地蹦出市井粗話。

祁鳳翔一聽之下，大驚，竟端了杯子愣住，半晌才一臉誠懇地喟嘆：「這個……確實有些難嫁啊。」

蘇離離一拍桌子，痛下決心道：「不錯！我還有棺材鋪，我要做棺材，賣棺材！」

「嗯？還要撬棺材？」

蘇離離不管他微諷的語調，直言道：「這個也不一定，有條件就偶爾為之吧。」

祁鳳翔瞇起眼睛幫她斟上酒，舉杯道：「那祝妳棺材鋪財源廣進。」

蘇離離和他杯子一碰，「也祝你得償所願。」

祁鳳翔一愣，見她笑得心無城府，沒有迎合，沒有猜疑，只得一份磊落義氣，心底有什麼空落的縫隙被慢慢填滿，一仰頭，杯中酒一滴不剩。不用說破，倒有了剔透的相知之感。

很突然地，他邀道：「蘇姑娘近日既然閒著無事，能否隨我去一趟冀州？」

「冀州？那是誰的地方？」蘇離離詫異道。

祁鳳翔道：「現在是冀州守備陳北光占據著，他北接燕、雲，兵強馬壯，我們實力不及，正與他結盟。所以，我只能悄悄地去。」

蘇離離實在有些跟不上他的思維，「等等，你去做什麼？哦不不不，你不用告訴我，可是你要我去做什麼？」

祁鳳翔莞爾一笑，雲淡風輕，「妳不是無事可做嗎？」

蘇離離卻一點也輕鬆不起來，苦臉道：「我可以說不去嗎？」

祁鳳翔撫著白瓷杯口，不知思量什麼，沉吟道：「這樣行不行？妳現在沒有木料也做不了棺材，妳隨我去一趟冀州。下個月修葺皇宮的木材運進京，我替妳弄出一批來。」見蘇離離躊躇，他補充道，「此去不要妳殺人放火，不要妳偷奸耍滑，不要妳出生入死，我把妳帶回來，一根頭髮絲都不少妳的，可好？」

蘇離離極其懷疑地豎起一根手指，道：「一根頭髮絲都不少？」

祁鳳翔點頭，「可以，不過妳自己梳掉的不算。」

他既說到這個分上，蘇離離也無可挑剔，忍不住又道：「我們先談一下木料的材質、成色、數量……」

祁鳳翔大大地皺眉，叫道：「蘇老闆，妳怎麼這般庸俗。我這高潔的情懷難道像是騙子？還是只騙幾根木椿子的？」

蘇離離聽他說起自己前幾次說的話，忍不住嘻嘻一笑，確鑿無疑道：「我是小人。小人就是這樣俗的！」

三日後，蘇離離寫了一封信，放在木頭的枕上。她想了想，又拿出去釘在院子裡醒目的柱子上。走到門口她又忍不住折回去，調了朱砂色，在大門上寫了八個歪斜不齊的大字——有事暫離，三月即回。

祁鳳翔坐在外面的車裡，看她像螞蟻一樣忙來忙去，好笑不已。待蘇離離拎包上車，他便嘲笑道：「蘇老闆生意還真是好，一時一刻都離不開。還沒出門就歸心似箭了。」蘇離離也不理他，坐上車便蹭他的六安瓜片[18]喝。

張師傅坐在車前，道一聲，「坐好了。」馬車轔轔向前而去。一路出了京城，直向東北行進。時值隆冬，萬物肅殺，七日後行到渭水邊上，竟飄起細碎的雪花。才過未時，天色一片鉛灰，祁鳳翔便叫渡口停住，先住一夜。

這是個小鎮，也不太繁華。祁鳳翔換了尋常布衣，行止都很低調。可再尋常的衣服穿在他身上，仍然稜是稜、角是角，氣度不凡。蘇離離忍不住上下打量，換來祁鳳翔鄙視的一眼，將她指到了中間的那間客房裡。

這一路上他都開三間並排的客房，蘇離離住中間，他與張師傅住在兩邊。蘇離離不好多問，心裡隱隱覺得有些凶險。坐在窗前眺望，渡口一排木棧伸入江面，幡旗上飄飛著三個大

18 六安瓜片：茶葉名稱，產於中國安徽省的六安。

字——桃葉渡。岸邊孤零著一棵銀杏，光禿禿的很是醜陋，卻與周遭物色出奇融合。人對著陌生景致，便易生出感嘆，蘇離離正幽幽一嘆間，祁鳳翔提著一壺水進來，給她擱在桌上，「蘇姑娘嘆氣做什麼？」蘇離離見他動手泡茶，忙站起來，又不方便奪他手中水壺，只好站在一邊，支吾道：「你這六安瓜片可是正品，現在市面上假的多。只一路怎不見你喝？」

祁鳳翔撩衣坐下道：「六安茶湯色翠亮，香氣清高，原是張師傅愛喝，我卻不愛。」「那你愛喝什麼茶？」蘇離離不敢勞他再奉上茶碗，自己趕忙端過來。

祁鳳翔淡淡道：「我不愛喝茶，只喝白水。」

蘇離離奇道：「那……那可就俗大了，仕宦一族不是一向認為白丁粗人才那麼喝。」

祁鳳翔望著窗外天色，目光悠遠道：「白丁粗人的喝法才是好的，所謂清水至味。」他慢慢回轉目光，卻疑道，「妳幹什麼這麼看著我？」

蘇離離的表情說不上是什麼意味，抿了一口茶，似輕嘆道：「也是，白水有白水的好處。」

祁鳳翔注視她片刻，瞇起眼，正要說話，張師傅在門口叫了一聲「公子出來一下」。祁鳳翔看了一眼，還是接著把話說完道：「白水雖有白水的好處，我給妳泡的茶卻是可以放心喝的。」說罷，起身出去，與張師傅在走廊上耳語。

蘇離離默默品著茶味，心裡奇怪。這個祁鳳翔怎麼像會讀心術似的，他就這麼能領會她的意思。白水易嘗出有無下毒，難道他被下過毒？自己又偏去多嘴，把他話裡深意提起。她暗暗告誡自己，今後定要裝傻，不可跟祁鳳翔深交。

這一路蘇離離扮作家丁小廝，張師傅扮作老僕，祁鳳翔則像一個殷實人家的公子爺。張師傅與祁鳳翔的關係也很奇特，似乎就是私人幕僚，卻不是下屬與主子，彷彿有那麼點如師如友的味道。

門扉上叩響一聲，祁鳳翔站在門前道：「下來吃飯。」

三人走到樓下大堂，稀鬆坐著幾個人，都似江湖路客。因天下不太平，有的還帶著刀劍。祁鳳翔並不看那些人，就桌坐下，舉箸吃飯。蘇離離掃了四面一眼，卻被角落裡一個虯髯大漢吸引住目光。

那人低著頭，面前擺著燒酒，時不時啜一口，並不著急，像是在等人。蘇離離一直看他，冷不防那人頭一抬，目光如刀子一般向她投來。她趕緊回過頭，跟著吃完飯。外面雪已停了，祁鳳翔手指一點，「妳，跟我出去走走。」

蘇離離乖乖跟上，踏著岸上薄雪，只見一派暮色蒼茫，水天相接，萬物寥廓蟄伏，像博大的舊時光，愁緒回腸。只聽祁鳳翔吟道：「江山如畫，一時多少豪傑。」蘇離離心裡嘆了一聲，有出息的人和沒出息的人果然天差地別。入眼景致一樣，感想卻迴異。

她驀然想起七夕生日那天，祁鳳翔站在護城河的石橋上，眺望城郭起伏。三個月後，便馬踏京師，弓開勁旅。如今他站在這渭水河邊遙望，莫不是有侵呑冀北之意？可他何苦孤身犯險，還把自己這個無名小卒搭上？

祁鳳翔一回頭，見她如躲寒的母雞一般縮在那裡，目光呆滯，神魂半去，失笑道：「妳冷嗎？」

蘇離離點頭，祁鳳翔湊近她身邊，捏了捏她的肩膀，「衣服是薄了些。這裡的被子也不知夠不夠，晚上穿著睡吧。」他眼波閃處，別有情致。

蘇離離愣愣地聽著，祁鳳翔拉了她的手腕往回走，笑道：「妳這人有時看著呆得讓人無語，心裡卻還算明白。早些回去歇了吧。」兩人回到大堂，食客已盡，那個虬髯大漢卻還坐在那裡埋頭斟酒。

見二人邁步上樓，那人忽用筷子敲桌，聲音宏亮，唱道：「四月南風大麥黃，棗花未落桐葉長。青山朝別暮還見，嘶馬出門思舊鄉。東門酤酒飲我曹，心輕萬事如鴻毛。腹中貯書一萬卷，不肯低頭在草莽。」

他的眼睛隨著二人的身影從樓下盯到樓上，祁鳳翔目不斜視地推開蘇離離的房門，彷彿沒有聽見那人的唱詞，一手將蘇離離送進房中。蘇離離已忍不住笑，故意大聲道：「公子，你聽那人唱的詞頗有風骨。」

祁鳳翔唇角噙著笑，卻將聲音放平，道：「他八成喝糊塗了，正值寒冬，哪來南風大麥黃。」說罷，伸手帶上蘇離離的門，正眼也不看那人，往自己房裡去。

虯髯漢子站起來，大聲道：「唉——不肯低頭在草莽啊！」

「砰！」祁鳳翔的門也關上了。

樓下安靜了片刻，聽樓下那人惆悵道：「渾蛋。」

蘇離離在房中笑得打跌。這人必定知道祁鳳翔的身分，想要毛遂自薦，偏偏薦得不倫不類。還「腹中貯書一萬卷」，只怕最後一句「渾蛋」才是本色吧。蘇離離找出一件單衣，穿在外衣裡面禦寒，聊勝於無。然後把燈吹熄，抱著包袱，依祁鳳翔之言和衣上床，窩在被子裡，卻不閉眼。

果然二更時分，窗戶一響，蘇離離陡然坐起，祁鳳翔轉瞬已到她身前，一把按在她的肩頸，示意她噤聲。隨即將她挾在腋下，飛身從窗戶躍下。蘇離離只覺一陣失重，腳落地的瞬間一個趔趄，祁鳳翔就勢將她往地上一放。蘇離離屁股著陸，毗鄰雞窩。

那雞被驚，正作勢要撲騰，祁鳳翔五指一散，某種暗器出手，一陣細微的鈍響，一窩雞立刻趴下不動了。祁鳳翔做手勢，令蘇離離就在此地，不要動彈，轉身陷入夜色。

片刻之後，祁鳳翔回轉，伸手捉起她躍出旅店圍牆，向左飛奔，到一片草叢處，將蘇離離扔了進去，自己也藏身其中。兩人趴在草叢裡，蘇離離忍不住抓住他的胳膊想說話，祁鳳翔豎指示意不要說，指她看旅店的方向。

只見剛剛還悄然無聲的旅店二樓，已燃了起來，正是他三人的住房。冬日天乾物燥，木製樓板一點即燃。風助火勢，火借風威，再添點油硝硫磷，立時燒得呼呼作響，雖相隔遙遠都覺得熾焰逼人。

那客棧燃了半炷香工夫，前面岸口忽然聚了十餘名蒙面黑衣之人，鬼魅一般悄無聲息。為首那人蹙眉望向燃燒的旅店，道：「人跑了，找找。」

其餘人等四散搜索，藉著掩映火光，一人遙指水面，「那邊有船，正往對岸駛去。」為首的黑衣人一聲呼哨，一群人腳不沾地地奔向上游尋船截殺。

祁鳳翔看那群人走遠，笑得嘲諷無比，「一群傻子，人如其主。」

蘇離離小聲道：「我們還不走？」

她話音剛落，岸邊一個聲音暴喝道：「你們是什麼人？居然敢殺那旅店裡的貴人！」二人扒開草叢看去，卻是傍晚那個虬髯大漢堵住那群黑衣人的路，拔刀相指。黑衣人更不答話，三人出手，向他攻去。那人的武功明顯比腦子管用，刀法大開大合，一一揮灑。剩下那十餘名黑衣人卻不管他，繼續往上游去了。

祁鳳翔看著那幾人相鬥，神色從訝異到不悅，陰晴不定。他們四人糾纏在此，蘇離離與祁鳳翔便出不去。蘇離離只覺身邊風一掠，祁鳳翔已站在場中，劈手奪刀打倒一個黑衣人。

反手再一刀，割斷另一人的喉嚨，卻還是晚了一步。剩下那人將一枚火紅的焰火放上天，隨後倒在祁鳳翔的刀下。

蚚髯大漢見是他，神情大是激動，一抱拳正要說話，祁鳳翔斷然道：「跟我走！」一面回身揮手叫蘇離離出來，一面往下游奔去。蘇離離連忙爬出草叢，跟著他跑。祁鳳翔還是拎著她的衣領，健步如飛。

約行了一里，下游一點燈火，卻是一條小船泊在岸邊。祁鳳翔拎起蘇離離飛身而入，蚚髯大漢跟著跳進去，張師傅接住，道：「開船吧。」竹梢一點，離岸而去，只扯了帆順著往下水走。船行如飛，料得別的船馬都趕不上，蘇離離呼出一口氣縮在角落。

船裡卻還有一人，四十來歲，面色焦黃，神采奕奕，當先見禮道：「三公子許多時不曾到渭水，今日一來便遇險受驚了。」

祁鳳翔的雙眼如暗夜裡的豹子，凶狠而優雅，卻帶著笑意回禮道：「兩年不見，方堂主還是這樣見外。上游的兄弟應該沒事吧？」

那位方堂主對祁鳳翔很是恭敬，答道：「不礙事，我們在這水上慣了，容易甩脫那幾人。」

祁鳳翔點點頭道：「如此多謝，上複黃老幫主，他日我定到幫中回拜他老人家。」

方堂主連連擺手，「三公子太客氣了，太客氣了。在下一定轉告幫主。公子若還有吩咐，只管告訴我，若沒有，我且回堂裡。公子一路順風。」

祁鳳翔點頭說了一個「好」字。那方堂主竟推開艙門，縱身跳進冬日刺骨的江水，連水花都沒激起來，就這樣沒入水中不見了。

虯髯大漢大驚，指著水面道：「沙……沙……沙河幫？」

祁鳳翔頷首道：「是沙河幫，你又是誰？」

那虯髯大漢忽然一跪道：「小人王猛，是這山上的草賊。聽說祁三公子仗義疏財，交遊天下，所以想來投奔。」

祁鳳翔道：「王兄要投我，有什麼要求嗎？」

王猛連連搖頭道：「無有，無有。我孤身一人做山賊做了好些年，卻是無頭蒼蠅一般亂竄。我情願投在公子軍中效力，上陣殺敵，遇險當先，別無要求。」

祁鳳翔修長的手指撫在膝上，文質彬彬道：「是誰教你來投我的？」

王猛「啊」的一聲，猶疑不定。

祁鳳翔又道：「就是那個教你念『不肯低頭在草莽』的人？」

「這……公子英明，確是那人教我這樣說，可……可他不許我說。」

祁鳳翔沉吟片刻，道：「你可以不說，只回答我是或者不是。」

「是。」

「你是否知道這人的住所？」

「是。」

「是否在渭北？」

「是。」

「是否為陳北光的部下？」

「不是。」

祁鳳翔收手道：「很好，那麼到了渭北，你帶我去他的住處便是。你什麼都沒說。」

王猛一愣，似乎覺得不妥，又似乎覺得自己確實什麼都沒說，一臉錯愕。蘇離離腹中暗笑，就你這樣子，跟這狐狸玩彎彎繞繞，怎麼都能讓你繞進去。

冷不防一件衣服兜頭蓋來，蘇離離執起一看，是一件厚棉衣。祁鳳翔刻薄道：「穿上吧蘇大老闆，凍死了還得給妳『搬屍回巢』。」

蘇離離將衣服裹在外衣上，見他還惦記著自己，心裡感激，笑道：「你說過一根頭髮也不少。」

祁鳳翔陰陰笑道：「我說一根頭髮也不少妳的，可我沒說是死的還是活的啊。」

「啊？」蘇離離幾欲昏倒，這個陰險小人把自己誆出來，卻這樣解釋。登時哀哀欲絕，暗罵祁鳳翔的祖宗十八代。罵到第十七代時，被周公勸住了。

再次醒來，蘇離離只覺得虛晃浮動，仍在舟中，已靠北岸。船艙狹小，張師傅靠在艙壁養神，船板一晃，祁鳳翔自外而來，道：「都起來吧，這邊已經是太平府地界了，行事須得小心。」

太平府是冀州大郡，繁華豐茂。三人上岸，王猛已在岸邊候著。一行人棄了車仗，步行向前，在那繁華鬧市七轉八繞，竟繞到一個小巷子裡。巷末一帶竹籬，王猛止步道：「那位先生就住在裡面，我被官府通緝，逃到他院裡，他勸我一席話。我本想跟著他，他說他不需要，指我來投祁公子，給我看了公子的畫像，我在桃葉渡見著你，就認出來了。」

祁鳳翔道：「那你且去那邊茶莊等著，我見見他就來。」

王猛應了，自去等候。張師傅嫺熟地介紹，「太平府西南，綠竹黃籬人家，正是鬧市桃源的睢園。睢園的主人是冀北名士歐陽覃。歐陽覃早年闖蕩江湖，頗有俠氣，後來折節向學，不知師從何人，功名屢試不第，最後在太平府鬧市建這睢園，取其仰止之意，自詡頗高。」

蘇離離覷著張師傅侃侃而談，嘆道：「天下事盡在張師傅胸中，給我一破棺材鋪雕花，真是屈才，屈才啊。」

張師傅哈哈笑道：「老頭已是殘年向盡，有用時便用用罷了。若是早三十年，還有些心志，如今也就是少東家的雇工。不必虛讚。」

蘇離離也哈哈一笑，上前敲門。

半晌，一個青年僕從過來開了門，掃了三人一眼道：「諸位是……」

祁鳳翔拱手：「幽州客商，路經此地，特來拜會歐陽先生。」

僕從將他們讓入園中，園內蒼苔小徑直通草堂。堂下一人臨軒遙望，散髮闊裳，飄然若仙，一路看著他們走近。蘇離離才看清這人，二十七八歲的樣子，眼角吊梢，鼻端略鉤，卻不給人陰鷙之感，只覺有些深沉。

他一雙眼睛將三人上上下下看了好幾回，方開口道：「在下歐陽覃，閒居疏懶，怠慢幾位了。裡面請吧。」

祁鳳翔熟視其面，眼睛微微一睇，唇角漾起一笑。

蘇離離看他這無害的一笑，便覺祁鳳翔已起戒備敵意。

他微微轉頭對蘇離離道：「妳在這裡候著吧。」獨自帶了張師傅進去。

歐陽覃轉身進屋的一瞬，忽然回頭看了蘇離離一眼，直看得她心裡「咯噔」一下，草堂門扉已閉。

「在這裡候著？」蘇離離摸不準祁鳳翔是不是叫她先走。倘若這是個圈套，倘若那個王猛並不如外表看來那麼簡單……還是早溜為妙，她側身猶疑地向來路退去。

蘇離離自小不會認路，這曲了兩曲的小路居然也讓她迷路了。繞過一片竹林，不見籬笆門扉，倒有一點豔紅從蒼綠中探出頭來。蘇離離前後望望，無人，沿著小徑過去，但見那叢綠竹後竟是五、六株梅樹散在院裡，正沁芳吐蕊，開得絢爛。

她心裡暗暗鬱悶：我這是走到了什麼地方？便見這梅花小院的落英下，有一張矮矮的石桌。蘇離離緩緩過去，嗅著梅花香味，看著滿目嫣紅，與方才蕭疏的竹林判若雲泥。只覺寧和安靜，彷彿世外仙境。石桌上放著筆墨，那硯裡的墨已凍住了，卻有一張薄絹鋪在桌上，看大小是一方女人的手絹，手絹上纖巧的字跡寫著首詩：

『少年不識愁，蓼紅芭蕉綠。
聞聲故人來，掩裾循階去。
泥牆影姍姍，竹梢風徐徐。
當時一念起，十年終不渝。
東風誤花期，江水帶潮急。
肯將白首約，換作浮萍聚。』

蘇離離默默地念了一回，只覺詞藻樸實，卻別有一番婉淡情致。細細想去，不忍釋手。彷彿回到棺材鋪裡，那葫蘆架下斑斑駁駁的陽光映著井水從自己手上劃過，冰瑩清澈；清晨的白霜伴著心意繾綣凝在屋簷上，木頭說「妳去做飯，我去幫程叔開門」。

這題詩的女子十年不渝，只換得浮萍一聚。自己未曾許下白首約，又能得來什麼？只怕是白駒過隙，時光匆匆。一時間入了魔怔，只想著今是昨非，握著那絹子掉下淚來。不覺身後有人極輕地一嘆。

蘇離離猝然回頭，那竹屋門前站著個白衣女子，應是沒有三十歲，病容清減，長髮素綰，厚棉襖穿在她身上也不顯臃腫。她微笑著看著蘇離離，目色柔和。蘇離離握著絹子站起來，「妳是誰？」

那女子淡淡笑道：「妳在我的屋子前。」聲音溫婉，有些沙啞。

蘇離離忙放下手絹道：「我……我是個訪客，無意來此，冒犯了夫人。」

女子看那手絹擱在桌上，扶欄倚牆，慢慢走出來。她每一步都極慢，彷彿一陣風都能把她吹倒在地似的。蘇離離上前兩步想攙她，觸到她的袖子時，驟悟自己穿著男裝，忙縮回手來。女子緩緩道：「妹妹也借我一把力吧。」向著她伸手。

蘇離離見她看出來，便扶著她的手走到石桌邊。那女子緩緩坐下，手撫著那方手絹道：「妳方才哭了？」

蘇離離以手撫頰，點了點頭。

「可是心愛之人不能聚首？」

蘇離離明知她絕無半分揶揄，卻止不住紅了臉，支吾道：「不……不是的，只是……」

想了半天覺得與木頭的關係不好闡釋，只得小聲道，「他走了，不知什麼時候回來。」

白衣女子的眉梢眼角略有笑意，「走多久了？」

「三個多月了。」蘇離離極小聲地應著，只覺和她的十年比起來簡直無地自容。

白衣女子卻不笑了，幽幽一嘆，道：「三個月，也夠久了。」她轉向蘇離離，緩緩道，「我許久不曾和人說話了。妳既能為這詩句掉淚，這絹子便送妳吧。妳等的人總會回來的，好好珍惜，莫待無花空折枝。」

蘇離離將手帕接過來，正要道謝，白衣女子繼續道：「這不是妳留的地方，快走吧。」她神容冷淡，用手指劃著石桌面。

蘇離離也覺得這院子古怪，只想快快離開，忙應了往回走，走出兩步，忽然折回來道：「姐姐恕罪，我迷路了，不知怎麼出去。還請姐姐給我指條路。」

白衣女子一愣，「我沒有出去過，不知怎麼走。」

蘇離離有些疑惑，拿著絹子對她屈了屈膝，還是由來的那條小路而去。轉角時，從梅枝影裡看去，那白衣女子默默坐在花下，望著墨硯不知想些什麼。

蘇離離心中有些可憐她，看她病得極重，只怕不久便如這花朵凋零，再尋時，只餘空枝了。她低頭看了看那手絹，似能觸到那女子的萬念俱灰，折了兩折，揣進懷裡。始一抬頭，猛然撞到一人身上，大駭，卻是那個歐陽覃。他不是和祁鳳翔在前面嗎？

歐陽覃抬起那雙吊梢眼，往梅院看了看，聲音陰柔道：「公子與賤內在談些什麼？」

誤會啊！蘇離離險些結巴起來，「歐陽先生，我是迷了路而誤入此地，偶然遇見尊夫人，並非有意來此。我……我家公子呢？」

歐陽覃阻在她身前，仍是不陰不陽地開口道：「他已走了。」

蘇離離還不及說話，歐陽覃已五指一伸，變作鎖喉手，罩住她的咽喉，眼中滿是殺意，冷笑道：「小姑娘，是誰讓妳來見她的，妳家公子嗎？」

蘇離離頓時傻眼，心道定是祁鳳翔長得太像偷花賊，讓這人起疑心。蘇離離一口氣接不上來，要掙扎卻全無力氣，正手舞足蹈間，忽聽人從身後笑道：「歐陽兄真是手狠，不懂憐香惜玉嗎？」

蒼苔小徑上，歐陽覃對上祁鳳翔那雙狹長的眼睛，祁鳳翔一臂牢牢箍住那白衣女子的脖頸。白衣女子似渾然不顧，望著枝頭梅花，認命一般由他捉著。

歐陽覃鷹目一凝，抓著蘇離離的手勁略鬆，道：「你不是什麼幽州客商。」

祁鳳翔點點頭，好整以暇地笑，「你也不是歐陽覃啊。」

那鷹目男子一笑，「放了她，否則我掐死你這丫頭。」手指一用力，蘇離離頓時接不上氣來，臉紅筋脹，瞪著祁鳳翔。

祁鳳翔意態之間，彷彿大覺有趣，朗聲道：「哈，妙極，你使一分力，我便使一分力，且看她們誰先沒氣。」他手中那白衣女子蒼白的臉色也陡然漲紅。

「歐陽覃」手不懈勁，陰惻惻道：「她不是我的妻室。」

祁鳳翔目光指點著蘇離離，應聲笑道：「她也不是我的妾婢呀。」

這天殺的腔調！蘇離離憤恨地在心裡罵了一句，每一瞬都如萬年般難受，卻覺天色漸漸暗了起來，看不清眼前景致。兩眼一花時，喉上五指一鬆，她身子一滑，只覺咽喉俱碎，伏在地上，半天才咳起來，喉間腥甜。

「歐陽覃」放緩聲音道：「我已放了你的丫頭，你也放開她吧。」

祁鳳翔手勁一鬆，那白衣女子掛在他臂間昏了過去。祁鳳翔卻摟著她的身子道：「你是什麼人？」

「歐陽覃」擰著蘇離離的胳膊道：「你我各不相干。我放她過去，你放她過來。」

祁鳳翔摟著那昏迷的白衣女子，淡淡笑道：「這女人顯然對你有用得多，這虧本買賣我不幹。」

「哼！」那人冷冷笑道：「我不是歐陽覃，我也可以是任何人，告訴你你便信嗎？」

祁鳳翔的心底似在權衡，權衡得蘇離離全身發抖，生怕他定要擒著那女子不放，這「歐陽覃」便一掌劈了自己。良久，祁鳳翔終於道：「換人。」

蘇離離只覺後背一緊，身子越空飛去，四肢凌亂地摔到祁鳳翔懷裡。祁鳳翔抱住她，對那「歐陽覃」道：「閣下鷹視狼行，非尋常之人。今天下失鹿[19]，群雄逐之，異日若為對手，再定輸贏吧。」

「歐陽覃」聞聲注目，略一頷首，道：「彼此彼此，再會吧。」

19 失鹿：比喻失去政權，天下無主。

伍・月暗孤燈火

蘇離離被祁鳳翔放下時，已在那竹籬之外，喉嚨腫脹，口不能言。張師傅在外等待，一見他們出來，忙上前道：「公子是否無恙？」

祁鳳翔正眼也不瞧她，冷哼一聲，「我還以為她早溜了，結果在人家園子裡迷路！費了半天的工夫去找出來。」

張師傅叉手道：「也是大公子的人？」

祁鳳翔搖頭，「不是，這人比大哥中用多了。」

「我去茶樓看過了，那個王猛不見蹤影。」

「好得很，連我都騙過了。」祁鳳翔冷笑，「我大約知道他是誰了。」

蘇離離委頓在地，緩過一口氣來，捂著脖子，嘶啞道：「我不跟你走了。」

祁鳳翔終於回過頭來看了她一眼，慢慢走到她面前，撩衣蹲下身，湊近她道：「妳說什麼？」

蘇離離下意識往後退，已靠在牆上，避無可避。祁鳳翔目光灼灼，一字字道：「妳再說一遍。」

蘇離離默然低頭，祁鳳翔一把將她拉起，站穩了，收手便往巷外走。張師傅一旁扶住，見她雪白的脖子上指痕斐然，攙著蘇離離跟在後面，道：「少東家，三公子出來不見妳，立刻就趕進去找妳了。」

找我？蘇離離無奈，只怕他對那個假歐陽覃的興趣比找自己更大，便波瀾不驚道：「不必客氣。聖人云，『生死變故，父子不能有所勖助[20]。』我與祁公子非親非故，怎樣做都是合適的。」

祁鳳翔側了側頭，瞥見她表情淡然無畏。他回過頭來，兀自笑了一笑。

傍晚就在這太平府市中尋了一家客棧住下。吃飯時，蘇離離根本難以下嚥，只得端了碗湯，小口小口地吞了。她晚上躺在床上，直著脖子失眠。門上有輕微的敲門聲，蘇離離置若罔聞。

片刻之後，窗戶一響，祁鳳翔越窗而入，徑直走到桌邊，挑亮燈，冷聲冷調道：「過來擦藥。」

蘇離離端著脖子立起來，走到桌子旁。

祁鳳翔打開一個木盒，一股草木清香飄出，盒裡是半綠的透明藥膏。他用指尖挑了一點，往她項上抹去。蘇離離往後一退，擋住他的手，道：「我，自己來。」

祁鳳翔半是諷刺半是教訓，道：「這兩天不想吃飯了？脖子伸直了！」

蘇離離微仰起頭，覺著他的手指帶著微涼的藥膏撫到脖子上。兩人都不再說話，只默默

20 勖助：幫助。

地上藥，呼吸之氣若即若離。祁鳳翔柔緩地將藥抹勻，細緻認真。

不知為何，蘇離離眼裡便有了酸澀之意，卻不是因為瘀傷。

他抹好藥，從袖中抽出一塊白綾，給她裹在脖子上，將藥膏掩住。蘇離離覺得脖子有些涼，伸手撫上綾布，也不若先前的疼痛。

祁鳳翔蓋上木盒，卻背倚了桌子望著她不語。蘇離離摸著喉嚨，瞠目以對。燈油燃著某種渣滓，芯上「劈啪」一爆。

祁鳳翔的唇角忽扯起一道弧線，三分無奈三分好笑，道：「不大個園子，走迷路。虧了妳這沒用的記性。」

蘇離離無可辯駁，咬牙低眉不語。

祁鳳翔見她從外表到氣勢都弱了起來，大是高興，款款道：「蘇大老闆，妳可知道豬是怎麼死的？」頓了一會兒，見她不答，便好心指教道，「笨、死、的。」

第二天早上，祁鳳翔令人將早飯端到蘇離離的房中。蘇離離昨晚沒吃什麼東西，本就餓了，早起時脖子也不痛了，便盛了碗粥，加糖攪著。

祁鳳翔坐她對面，覷著她脖子上的綾布，狐狸一般笑道：「合浦之北有江，名曰灕江。江上漁夫以鸕鶿捕魚。以繩索繫其頸，令其難以下嚥。如此，鸕鶿捕上來的魚便都吐進了漁夫的倉裡。」

蘇離離由他取笑，面不改色地舀起一勺粥吃下，方慢條斯理道：「看不出來，公子連這些風物地理都知道。」

祁鳳翔笑笑，「那也不算什麼。王土雖闊，十有七八我都去過。」

蘇離離放下勺子，將一個鹽茶雞蛋磕在桌上，十指纖纖地拈著碎皮，和風煦日般溫言道：「祁公子，你知道牛是怎麼死的嗎？」

祁鳳翔那意氣風發的表情頓了一下，臉含笑意，眼露凶光，「吹、死、的。」

蘇離離微微一笑，咬了一口雞蛋。

祁鳳翔看她眉目之間頗為得意，自嘲道：「我跟妳這小丫頭較什麼勁，妳不信也罷。我自十三歲離家，交遊天下，我朝疆域近乎踏遍。我說十有七八，實是自謙。」

「當真？」

「當真。天下太大，不是坐在家裡就能識得的。在桃葉渡上遇見的沙河幫，我在五年前救過他們的幫主。」他說得冷淡，神容不似狐狸的狡猾，卻有狼的孤傲深沉。身為州將之子，屈身江湖，心不可測，志不可折。

蘇離離默默吃完最後一口粥，擱碗正色道：「你能不能告訴我，究竟要我來做什麼？」

祁鳳翔的手指叩著桌面，「三日後，妳與我到冀北將軍府，去見陳北光。」

「啊？」他話未說完，蘇離離已驚叫。雖說陳、祁兩家現下互不相擾，那是為勢所逼，大家心裡都清楚，駐地相鄰，遲早一戰。

「怎麼？陳北光就算二十年前有冀中美男子之稱，妳也不用激動成這樣吧。」祁鳳翔涼涼地說。

蘇離離搖頭，「你們兩家是世交？」

「不是。」

「那你不是去找死？」

祁鳳翔嘆道：「蘇姑娘，妳說話總是這麼直白嗎？」

蘇離離連連擺手道：「要去你去，我是不去的。再像昨天那麼來一下，我小命就沒了。」

祁鳳翔眼睛一瞇，「妳非去不可。妳要去見一個人。」

蘇離離不寒而慄，「什……什麼人？」

祁鳳翔的一根手指支在下顎上，望著她半天道：「先把妳這身男裝換一換。」見她驚愕得頓時一跳，失笑道，「放心，不是美人計。」

祁鳳翔素來言出必行，下午的時候，果然有人送來兩套女子衣裙飾物。祁鳳翔拈著那衣料，笑出幾分猥褻，「女人的衣服妳會穿嗎？要不我幫妳吧。」

蘇離離一把搶過衣衫，將他趕了出去。

半天，裡面沒有一點動靜。再過半天，聲息不聞。祁鳳翔敲門道：「妳好了沒有？」沒有回答。

「我進來了！」

還是沒有回答。

祁鳳翔推門進去時，只見她的背影站在立鏡之前。妃色長裙曳地，由腰及踝，開出一個優雅的弧度。肩背勻婷，纖穠合宜，髮長及腰，散亂地披在身後。不知不覺間，蘇離離已不是那個喜怒放任的孩子，而長成了娉婷女子。

祁鳳翔站到她身側，望著鏡子裡她悵然失神的眼睛，「怎麼？被自己嚇著了？」

蘇離離喟然道：「是嚇著了，我這個打扮跟我娘親，實在是太像了。」時間如水流過，併去的還有親人，回頭看時，歲月荒涼。

「真是孩子氣。」祁鳳翔撫上她的頭髮，柔軟順滑，是慰藉的意思，卻不顯突兀，「這個人本就是妳，要學會認識自己。來把頭髮梳一梳。」

蘇離離低頭看那裙襬，衣袖一牽，抬手劃起一道弧線，忽然莞爾一笑，道：「這裙子……都不知道該怎麼走路了。」她笑得俏麗狡黠，方有了一點少艾女子應有的新奇靈動之意。蘇離離轉身在屋裡走了兩圈。

惹得祁鳳翔拊掌大笑道：「妳若站著不動，還像個樣子。當真走起來，頭不正，肩不直，左顧右盼，定要被人議論。」

整個下午的時間，蘇離離都用在梳妝打扮上。然而女子的髮式，即使最簡單的，她也覺得太難了，怎麼也捉不住辮子，常常叫祁鳳翔「給我捉著這縷頭髮。」幾經奮戰，她總算把頭髮梳好了，雖然蓬鬆淩亂了點，到底還有些像樣。

等坐到鏡子前，蘇離離才發現胭脂水粉實乃她的大敵。祁鳳翔從旁參謀：擦得太白了，粉沒抹勻，胭脂像猴子屁股……於是數番嘗試，以兩人笑得七零八落結束。

鑒於蘇離離畫的眉毛高低不勻，祁鳳翔親自動手給她畫了一遍，粗細不同。於是他將細眉添一筆，發現另一邊又細了。反覆添了兩次，眉如大刀，殺氣騰騰。

蘇離離大怒，祁鳳翔很是挫敗，說畫美人圖從不失手，怎畫真人如此不堪。思忖之下，得出結論，蓋因蘇離離不是美人，故而影響他的發揮。

洗臉淨妝，一番鬧騰，以祁鳳翔撫額怒曰「朽木不可雕也」告終。

次日，不知他在哪裡請來一個瑩脂坊的化妝師傅，將蘇離離捉在房中教輔一天。蘇離離哀哀不悅，祁鳳翔勸脅相輔，曰：「別人花錢都請不到的師傅專教妳一人，不可暴殄天物。」

至晚，濃妝淡抹總相宜了。

再次日，蘇離離淺施脂粉，淡掃眉峰，將頭髮綰作雙鬟。簪上一排單粒珍珠，祁鳳翔將明珠耳夾扣上她的耳垂，端詳片刻道：「走吧。」

門外有車等著，兩人坐上車，蘇離離四顧道：「這兩日怎麼不見張師傅？」

祁鳳翔肅容道：「我另託他有事去做。現在告訴妳的話，牢牢記好，說的時候，務必一字不差。」

車外陰天，似昏暗欲雪。青石大道一路行至冀北將軍府前，祁鳳翔下馬投了名刺，回身指了門前獅子銅鶴，低聲笑道：「這陳北光的府制頗多僭越[21]，總不是這兩個月才建的，可見是個浮躁不慎之人。」

蘇離離手心卻有些出汗，埋頭不答。祁鳳翔將她鬢邊的一粒珠插正，語氣清閒道：「不要緊張。」蘇離離點點頭，他便笑了一笑，「多加小心。」

說話間，將軍府府丞親自迎接，將祁鳳翔請進去。蘇離離隨在他身後，亦步亦趨，左右雕梁畫棟，戒備森嚴。

大殿之上，坐著一位長髯劍眉的大人，四十上下的年紀，英氣之中帶著儒雅，踞案而候。

祁鳳翔趨前施禮道：「幽州祁鳳翔，久聞鎮北侯大名，無緣識見。今日特來拜會。」蘇離離便跟著他深深地屈膝行禮。

陳北光虛扶一把，不鹹不淡道：「不必多禮。世人皆言，祁煥臣三子，長為鹿，次為

21 僭越：意指假冒名義，超越本分。

羊，祁家有虎，只待鳳翔。今日一見，果是英雄出少年。」

祁鳳翔直起身來，不卑不亢道：「大將軍謬讚，家兄才略見識數倍於我，晚輩不敢逾越。今日來此，一則奉父命問禮，二則為兩軍交好。」

陳北光冷笑兩聲，「你倒是虛比浮詞，口吐蓮花。誰不知祁家大公子無能，卻見嫉於兄弟；祁家二公子莫名其妙得了奇疾，纏綿病榻。你祁三公子雖英武過人，卻是庶出，父兄皆不待見。你雖有用，也不過是為臣為奴。」

祁鳳翔的神色連一絲波瀾都不改，道：「疏不間親，為子為弟本是臣奴之分。」

陳北光緩緩站起來道：「你若是這安分的人，今日便不會到我府上來。」

他昂首看著祁鳳翔，「前年中秋，祁煥臣家宴，席間問道，『如若起事，當何所以據？』你大哥說，幽州經營多年，當據為根本，建立基業。你卻說應棄幽州，先取京師，立幼帝以令天下；繼之掃平冀北、豫南，與京畿成拱衛之勢，則基業奠定，然後可以睥睨群雄，一統天下。」

祁鳳翔眉目微蹙，臉上笑意卻似有似無，聽他讚許道：「這番見解稱得上是真正的雄才大略，我若有子如你，必然欣慰萬分！可如今你們京師已下，要取我冀北，竟敢明目張膽到我府上招搖！祁鳳翔，你欺冀北無人嗎！」陳北光重重地一拍書案。

蘇離離暗暗叫苦，仁兄你所算差矣。我人還沒見著，這冀州大都督只怕把你的人頭都砍下來了。

陳北光盛怒之下，祁鳳翔緩緩開口，字字清晰，「將軍耳目千里，世所少有。前年家宴，我確實倡謀若此。然而將軍不聞，世異時移，策無長策。方今之勢，瞬息萬變。那年我說取冀北，今日卻是來聯冀北。我既孤身而來，正是誠意殷切，奈何將軍不信。」

陳北光神色稍霽，哂道：「便聽你能否說到天上去。」

祁鳳翔正色道：「豫南巡撫使蕭節，上月致書我父王，願同討將軍，功成之日，劃地平分。我想將軍踞一江之塹，易守難攻，你我相攻不是上策。現今諸侯並起，各方勢力不下數十，妄動則先失，不如坐待時日。我們兩家和睦，則蕭節也不能輕動。將軍以為呢？」

陳北光沉吟道：「你我兩地毗鄰，怎能永共太平？」

祁鳳翔率然笑道：「今日我們合，是上上之勢。但為主者各修德行，為臣者各盡職守，他日若有勝敗，再決可矣。」

陳北光沉思半晌，撫髯道：「世侄所見甚是。」

蘇離離差點沒當場笑起來，方才他拍桌子發怒已見殺機，經祁鳳翔三言兩語，就成了他世侄，果如祁鳳翔所說，心浮不慎。這姓祁的渾蛋莫非是天生來欺人的？

祁鳳翔冷不防拋給她一個暗示的眼神，蘇離離略正了正臉色，斂衽上前道：「將軍見諒，奴婢有一請。」

「嗯？」陳北光疑道，「妳有什麼請求？」

祁鳳翔先叱道：「我與將軍說話，哪有妳插話的分。」他轉顧陳北光道，「家人無狀，將軍恕罪。這個小婢原是皇宮內殿的侍女，鮑輝屠城時倖存下來，我入京時救了她，所以追隨左右。」

陳北光細細打量蘇離離幾眼，顯然想得太多了，「世侄既是龍駒鳳雛，自然多有佳人陪伴左右。」祁鳳翔笑而不語，蘇離離的表情有些抽搐。

她擠出幾分悲痛，道：「奴婢自小失怙，全賴義父提攜養育。鮑輝弒君之日，義父生死不明。近日賴公子多方打探，才知他在將軍府上。奴婢懇請一見。」

陳北光摸不著頭腦，道：「你義父姓甚名誰？」

「先帝的內廷侍衛長時繹之。」

「啊——」陳北光大驚道，「妳說他呀。時大人曾與我有些交情，也確實在我府上，然而姑娘要見，多有不易。」

蘇離離道：「這是為何？」

陳北光嘆道：「姑娘有所不知。時大人伴隨君側，武功原本深不可測。去年不知為何，卻氣脈逆行，衝破要穴。如今……如今形同瘋癲，人不敢近。我怕他傷人，想將他關在地牢，他便一掌打死我兩名侍衛，費了好大的力氣才哄得他進去牢裡。姑娘若去見他，倘若被他所傷，無人救得了妳。」

蘇離離一驚，轉頭看向祁鳳翔，有些猶疑。祁鳳翔挽過她的手臂道：「離離，妳一心要找他，不如我陪妳去，遠遠地看一眼如何？」蘇離離被他那聲「離離」震得一麻，只得懇求道：「將軍大人，即使義父神志不清，我也想見見他。」

陳北光點頭道：「妳這個丫頭倒頗具孝義。來人，帶這位姑娘去地下石牢。」

祁鳳翔也拱手道：「晚輩陪她一行。」

陳北光頷首應允。

冀北將軍府的地牢，觸手是陰寒的空氣，石壁之間透著詭譎氣息。每走一步，便有腳步聲迴盪。一排陡峭的石階延至地下三丈，再往內行一丈，有一間小小斗室。四壁都是石牆，卻坑坑窪窪。

將軍府侍衛點著一盞油燈，指引他們道：「這牆上都是時大人砸的，他有時癲狂，有時靜默，我們也只能趁他發呆的時候把吃喝送下去。」

到了一扇鐵門前，門上尺寬方洞，侍衛將燈掛在壁上，躬身道：「姑娘請看。」

蘇離離自方洞看去，一個人影倚坐在最深處的石壁下，花白凌亂的頭髮鬍鬚遮住大半張臉，只有暗淡燈光將他側臉的輪廓投在牆上，英挺虛幻。四肢連著鐵鍊鎖在牆上，那鐵鍊的環條都有拇指粗細。

祁鳳翔道：「能不能把門打開？」

那侍衛大驚道：「不可，不可。公子，這人內力過人，武藝超群，若發起狂來，無人擋得住他呀。」

祁鳳翔道：「他手足被縛，一時也離不開這地牢。陳將軍允我來看他，若連一句話也說不上，未免不近人情。」

侍衛躊躇片刻，「公子不要多待，看看就出來。」說著摸出鑰匙，打開門鎖。那鐵門竟有七寸厚，嵌入牆壁，緩緩滑開尺許。

祁鳳翔頷首道：「你去吧，我們看看就出來。」

侍衛逃也似地跑了。

蘇離離站在門前，望著那靜默的人影。祁鳳翔一手合在她腰上，道：「進去。」將她半攬進石室。

坐在地上的人影動了動，極其緩慢地轉過頭來，看不清面目，卻漠然地對著蘇離離。

蘇離離看看牢頂，用散誕的口吻道：「時大哥，這桂園曉月怎麼不似太微山的亮啊？」

時繹之緩緩抬起頭來，露出面目，鬍鬚蓬亂地飛著，眼睛卻明亮，瞳孔在渙散中漸漸收縮，定在蘇離離身上，將她從頭到腳看了一遍，手腳一動，牽得鐵鍊細碎作響。他像是激動，又像是驚訝，聲音如砂礫摩挲，「蘇姑娘，妳……妳回來了。」

他這句「蘇姑娘」一出口，蘇離離的腦中電光石火，頓時明白祁鳳翔的用意，震動之下，竟愣愣地站在那裡，忘了開口。

時繹之思緒雜亂，看著蘇離離，抓住一些零亂的片段，「不，不對，葉夫人，妳……妳嫁給葉知秋了。」

祁鳳翔站在後面，聲音低沉，並不急促卻帶著壓力道：「接著說。」

蘇離離的思維彷彿已從話中抽離，機械地問：「時大人，七年不見，你竟要趕盡殺絕嗎？」

此言一出，時繹之混亂的頭腦霎時如平湖落石，激起千層浪，抱著頭略顯狂態道：「不，不，我是奉了皇命，我不殺妳，我不殺妳，我不殺妳……」

他內力充沛，聲音雄厚，震得蘇離離耳中嗡嗡作響。

祁鳳翔清冷地吐出兩個字，「繼續。」

蘇離離道：「先帝給你的東西呢？」

「東西？」正要連上的記憶被從中突兀打斷，他不假思索應道，「在我這裡。」

「給我。」

時繹之從衣襟裡摸索出一條線繩，扯斷遞過來，鐵鍊隨著他的動作響著。線繩之下，墜著一個細長的物件，三寸長短，像是三稜刀，只是刃面各有參差不齊的齒，狀如鑰匙。

蘇離離看了祁鳳翔一眼，祁鳳翔不動聲色地點點頭。蘇離離走上前接過那把鑰匙，正要收手，卻被時繹之一把抓住手腕，叫道：「辭修，辭修，妳別走！」他力量之大，捏得蘇離離「啊」地一叫，想掙脫，卻全無作用。

祁鳳翔沉聲道：「順著他說。」

蘇離離被他一提，負痛哀求道：「我不走，我不走，時大哥你放開我的手。」時繹之愣愣地鬆開，卻一眨不眨地望著蘇離離。愛慕，相思，悲慟，記憶百味雜陳。蘇離離望進他的眼眸，反倒鎮定下來，對他微微一笑，道：「你不要鬧好不好，我去倒點水過來。」

時繹之點頭，蘇離離轉身將那三稜鑰匙插在腰帶裡，努力克制不跑，竟走出幾分大家閨秀的氣度。祁鳳翔低低道：「妳慢慢出去。」

蘇離離依言走到門邊時，時繹之像突然發現祁鳳翔的存在，忽然站起來道：「你是誰？」

蘇離離一愣，祁鳳翔不語，負手在後做手勢讓她走。

蘇離離提起裙子剛邁出鐵門，時繹之大吼一聲，朝蘇離離撲過來。他雖面貌憔悴，身形卻靈動，一掙之下被鐵鍊縛住了。祁鳳翔一把將蘇離離推出地牢，叫她「快跑！」回手注力推上厚鐵門，剛一闔上，便聽見「砰」的一聲巨響。時繹之竟掙脫鐵鍊撲到鐵門之上，他內力所注，透鐵入壁，仰天長嘯間，已是狂症大發。

內壁聲音迴盪，祁鳳翔只覺氣府一震，竟被他的內力破空而傷。祁鳳翔強壓下激蕩的真氣，一把撈起蘇離離快步躍出地牢。甫一見光，祁鳳翔已聽見地下動靜，將蘇離離放下道：「躲開這裡。」蘇離離一愣的工夫，四面找路，卻是在後院演武場上，全是圍牆。祁鳳翔見狀有些惱，將她往前一推，「往那邊跑，放伶俐點。」

蘇離離跑開兩步，便聽見後面呼嘯聲起。她停住腳往回看，時繹之已追了出來。兩個將軍府的侍衛虛攔一下，被他一揮掃開，直取祁鳳翔。祁鳳翔不敢接他，順手提起一柄日月刀，脫手擲去。時繹之衣袖一振，將刀阻落。祁鳳翔打點精神，避開他的掌風，須臾已躲閃了七八招。

蘇離離在恍惚間，回憶起這場景，母親蘇辭修說：「你要趕盡殺絕嗎？」那個人錦衣束袖，一掌擊向父親，蘇辭修斜刺撲到丈夫身上……那人在雨中大慟，「辭修，我不是要殺妳……」程叔拉著她的手道：「小姐快走！」大雨滂沱掩住逃亡的孩子那微弱的腳步聲。

蘇離離轉身疾步向前，大聲道：「時繹之，你住手！」

時繹之被她一叫，眼前的景致與記憶瞬間重疊，一緩之間，祁鳳翔脫身而出。誰也不知道人的心智是怎樣生成，時繹之不知是被觸動前情，還是遺忘過往，竟陡然像紅了眼的魔頭，大開殺戒，身形如鬼似魅，瞬間放倒兩個侍衛。

祁鳳翔大驚道：「糟糕，他的真氣衝破百會了。」

蘇離離急急接了一句，「那會怎樣？」

「那就瘋得澈底了！」祁鳳翔一把扯開她，勉強將時繹之一拳從旁隔開。煞氣撲面而來，竟讓人站不穩。

時繹之第二掌擊出時，一個纖瘦的身影自側面穿入，鬟青珠垂，擋在祁鳳翔的身前。毫釐之差，時繹之早已昏聵凌亂的神志永遠記得那一刻的真實，令他此後十年日夜不能釋懷。早已凌厲的殺意陡然一頓，意念強大得勝過身體的極限，本將從掌心發出的真氣，出乎意料地生生收住，自手三陽經回溯，直抵百會，逆衝膻中。

蘇離離穿入，時繹之停手，祁鳳翔攬她後躍，都在一瞬之間。丈餘外，祁鳳翔落地，蘇離離伏在他懷裡不動。他一驚，扣她腕脈，脈息略顯凌亂，卻勃勃不息。想來時繹之內力深厚，發之如洪水傾瀉，雖然及時收手，蘇離離還是被他的掌風擊暈過去。

然而越是雄厚的內力，發力時就越不容易收住。蘇離離脈息無傷，只是暈厥，時繹之竟將內力全斂，必致經脈逆行。祁鳳翔攬著蘇離離，如臨大敵地注視時繹之，看他這番氣脈衝突，不知是要瘋得更厲害，還是經脈毀損而死。

然而時繹之默然無聲地站在當地，眼神空虛卻清澈不渙散，有些莫名地望著自己的手。

就這麼站了片刻，他左腳一動，祁鳳翔手一側似要因應。時繹之卻退了一步，緩緩再退一步，再退一步，一轉身躍向牆邊，輕功已臻化境，竟絕塵而去。

角落門上，將軍府的侍衛探出頭來，見瘋魔已走，才紛紛擁入校場。祁鳳翔神色冷峻，望向他離開的方向，見陳北光也進來，正聽侍衛解說。祁鳳翔將蘇離離插在腰帶上的鑰匙收入自己衣襟，把她抱起來，淡淡道：「陳將軍，離離被嚇暈了，我也不便多留，先告辭了。」

陳北光慢慢踱到他二人身邊，看著蘇離離道：「世侄有所不知，我這地牢牆裡嵌了熟銅管。」他抬起頭看祁鳳翔，「你們在牢裡說的，我都聽見了。」

祁鳳翔微微一笑，「聽見什麼了？」

「先帝的什麼東西？」陳北光也不跟他弄虛頭。

祁鳳翔神色不變，「我也不知是什麼東西，還不及琢磨。不如將軍替我看看。」他右臂抱著蘇離離，左手摸到她的腰肋。

陳北光見他如此識相，倒放下些戒心。只見祁鳳翔在蘇離離身上摸索半天，扯出一張寫滿字的手絹。祁鳳翔也不知是何物，緩緩展開，再慢慢遞給陳北光。

陳北光接過，初見時神情一凜，細看之下，竟蹙眉慌亂。手撫著絹子，細細辨別那字跡，顫聲道：「肯將白首約，換作浮萍聚……」他失態地扯住祁鳳翔的袖子，「這……這是哪裡來的？她在哪裡？」

祁鳳翔察言觀色，冷靜簡潔道：「時繹之給的。」

陳北光若有些微頭腦，便該看出這手絹雪白，不可能是從時繹之身上得來；祁、蘇二人在牢中索要這東西，必知道那是什麼。然而他一躍而起，將手一招，「跟我追！」竟帶侍衛衝出時繹之所去方向的角門。

祁鳳翔旁觀眾人去盡，肅然神色竟漾起幾分冷笑。低頭看看蘇離離，猶自昏在他臂彎裡，他收起笑意，將她橫抱起來，徑直往將軍府大門走去。

陸・夜雨透關山

蘇離離恍然醒來時，身在低矮狹小的船艙裡，一燈如豆。暗黃的舊艙板上開著一扇小窗，窗外正是夜幕深垂，水聲似有若無。祁鳳翔白衣散髮，倚坐窗邊，看著江面低迴的漪紋，側臉的輪廓寧靜出塵，似帶著幾分寥落入骨。

他沒有回頭，卻平靜道：「醒了？」

蘇離離掙了兩下，坐起來，身上蓋著一床薄被，頭髮散亂垂墜，衣裳卻還穿得好好的。她裹了裹被子，蜷靠艙壁，愣愣地問：「這是哪裡？」

「渭水南岸。」祁鳳翔回過頭來，眼神有些深不可測。

「為什麼要擋那一掌？」

蘇離離道：「你受了傷就沒辦法把我帶出來，我受了傷你還能救出我。我想活命，只能先予後取。賭他還記得當年的事，難得僥倖。」

祁鳳翔看不出任何情緒，似乎有那麼幾分讚許的意思，「妳一念之間能想到這麼多，也很不容易。但時繹之的掌力沒人擋得起，一擊斃命。」

蘇離離道：「上京城破之日你救了我一次，我不願欠人情，還你一次。」

祁鳳翔定定地聽完，看著她不語，良久淡淡笑道：「好。現在鑰匙有了，我們說說那匣子的事吧。」

蘇離離並不驚訝，也不奇怪，順著他的語氣淡淡道：「我猜言歡沒有等到你贖她，是絕不會告訴你實情的吧。」

「她比你實際，雖功利了些，也算得上聰明。」

蘇離離審慎地問：「她怎麼樣了？」

祁鳳翔停頓片刻，「該怎樣便怎樣。」

蘇離離只覺一股涼意從頭蔓延到腳，「你殺了她？」

祁鳳翔嗤笑道：「妳不也拿她當過替身，現在貓哭耗子了？」

蘇離離將臉埋在被子上，沉默片刻，抬頭時眼睛有些潮：「她很可憐。從小就跟在我身邊。我爹死的那次，我摔傷昏迷不醒，官兵為找我，要放火燒山。她的母親，就是我的奶娘，帶著她出去止住他們。官兵走了，奶娘死了，程叔背著我逃到關外。」

「我花了四年的時間才在京城找到她。那時候她見到我哭了，求我救她。可我想盡辦法也沒能救得了她……她也漸漸變了。她無非想找一個依靠，你本可以對她好些……」

祁鳳翔打斷她道：「妳想得太簡單了。妳不顧京城危險來尋她，她卻能出賣妳。有朝一日難保不把這個真相出賣給別人。女人的怨恨，有時很沒有道理。我封她口也是幫妳的忙。若是別人，未必如我對妳一般溫柔。妳想想程叔吧。」

蘇離離一個寒顫，「我不知道什麼匣子。」

祁鳳翔搖頭道：「太急躁了。說謊之時切忌心虛，要耐心找到最佳的時機，讓謊話聽來順理成章。」他撫膝而坐，衣袖上繡的暗紋花邊落在白衣底襯上，神情落落大方而收斂內涵，不似定陵的曖昧危險，不似扶歸樓的英越出眾，反倒像世外散人一般蕭疏軒朗。

「已故的戾帝做太子時，有一位老師，」他起音揚長，像講一個悠遠的故事，「也就是太子太傅葉知秋。相傳他有經天緯地之才，鬼神不測之術，展生平之所學，著出統御天下之策。先帝看後大為讚許，令良工巧匠以鋼精鑄匣收藏，用奇鎖鎖上。世人稱之為《天子策》。」

祁鳳翔今夜似刻意要跟她多說些話，續道：「傳說那鋼匣淬錳鍍金，可千年不鏽，若非三稜鑰，便是刀劈斧砍也打不開。先帝將匣子留與葉知秋，令只傳即位之君。然而昏君登基時，不知與太傅起了什麼齟齬，葉知秋竟離朝而去，不知所終。那《天子策》也失了下落。」

「從此人們便傳言，《天子策》得之便能得天下。昏君雖登大位，卻因失了這個匣子，故失了天下。」

蘇離離無奈笑道：「天下之道，紛繁複雜，能裝在一個匣子裡，你信？」

祁鳳翔便也笑道：「我正是有些不信，所以好奇。」

蘇離離仍是笑，「我也挺好奇，害了我父母和家人的東西，到底長什麼樣子。」

祁鳳翔往她身邊挪了挪，溫和道：「蘇姑娘，妳還小，歷練有限。在我眼裡，妳是晶瑩透澈，無所遁形的。妳每說一句話，我都能清清楚楚地看出是真還是假。」他從被角拉出她纖細的手指，「不要跟我說謊，好嗎？」

蘇離離手一縮，沒縮掉。他溫柔地捏著她的手，卻不容抗拒，讓蘇離離頓時毛骨悚然，不知他意欲何為，全身的肌肉骨骼都做出了抗拒的姿態。

祁鳳翔兀自用拇指摩挲著她的掌心，似研究般問道：「妳做棺材怎麼沒有繭子？」

蘇離離本已緊張到了極致，幾乎咬著唇道：「我這些年不做改板、卸料的事。」

祁鳳翔從艙角抽出一個木盒，一手揭開蓋子，叮叮噹噹倒出十餘根兩寸長釘，釘頭四稜鋒銳尖利。祁鳳翔拈起一枚道：「這個東西叫作斷魂釘，可以從妳的指尖釘進去，直到指根。定陵那夜，妳也看見默格用了。我猜妳看見他那張臉，定然怕得說不出話來，所以還是我來吧。」他彷彿處處替她著想。

蘇離離聽得分明，一急之下想掙扎，卻哪鬥得過祁鳳翔分毫，被他按趴在船艙裡，壓制得幾乎動彈不得。蘇離離驚駭之下，放聲慘叫，破口罵道：「祁鳳翔，你個瘋子，老娘沒有什麼匣子！你放開我！」

祁鳳翔將她的兩手死死按在褥上，附在她耳邊低沉道：「別這麼叫，讓人聽見還以為我在怎麼著妳呢。」他的胸口抵著她的背，唇拂著她的耳鬢，蘇離離掙不開他，欲逃無路，欲死無門，再也控制不住，臉伏在被褥上，虛弱地抽泣起來。

祁鳳翔一手捉住她纖細的兩腕，另一手拈著釘子，用那銳利的針尖在她手背細膩的皮膚上輕輕劃過，一道淺淡的紅痕慢慢浮現，好整以暇道：「刑訊逼供這套我還真不太通，我們摸索著來吧。」

蘇離離咬著唇，哭得一塌糊塗，「我沒有！」

「妳沒有什麼？」

「我什麼也沒有！」她幾乎是叫喊道。

祁鳳翔沿著她中指的指骨一直劃到指尖，柔情款款道：「這個釘在手指上，也要不了妳的命，只是疼些罷了。妳可以不說，我們每天使一使，耗著吧。」他將那釘尖對準她的指尖輕輕一旋，雖沒鑽破皮膚，卻有尖銳的刺痛。

蘇離離大叫一聲，「啊——等等！」

「什麼？」

蘇離離用細弱的聲音問：「這個……這個是從定陵那個化了水的……死屍身上取下來的？」

「不是，是全新的。」他溫存的語調被這一問攪得有些僵硬。

「乾淨不？」蘇離離膽怯地再問一句。

「乾淨得很。」這次有些咬牙切齒。

「那……那你用吧。」她像被遺棄的貓，心知不免，純然畏縮害怕。

祁鳳翔沉默了一會兒，卻緩緩鬆了手勁，只捉著她的手不動。儘管幾乎是被他抱著壓在地上，蘇離離卻顧不上臉紅，心裡害怕，身子有些發抖。祁鳳翔鬆開她，坐起身，往後挪了尺許，靠在艙壁上。

他看著蘇離離趴在艙板上抽泣，神色是從未有過的嚴肅，忽然低頭，將那枚釘子在自己左手虎口比劃一下，緩緩扎下去。蘇離離覷見他這個動作，大驚，一噎之下，止住了抽泣，停頓片刻，轉化為打嗝：「嗝……」她想努力克制，卻毫無辦法，「嗝……」

船艙裡一時非常詭異，祁鳳翔徐徐用力將釘子紮得更深，始終冷靜，卻有深沉的狠戾。他默然注視著自己的手，良久，拔出釘子扔到窗外。手上有鮮紅的血湧出，他的視線隨著那枚釘子劃出的弧線，沒入水面，眼光凝在波紋上不動。靜謐中只有蘇離離時不時的打嗝聲。

他的神色平靜冷淡，蘇離離卻覺得他此刻的情緒雜亂且難以捉摸，像地下的岩漿湧動，一會兒要是噴湧起來，不知會不會把她拋屍沉江。

「嗝……」蘇離離手腳並用爬向艙口，推開艙門，卻見孤舟一艘，泊在江邊，離岸丈餘又沒有舢舨。

她也顧不了許多，就想往水裡跳，剛摸到船邊，衣領一緊，被人提回去。祁鳳翔涼涼地嘲笑道：「蘇老闆，妳這是要投江自盡嗎？這邊太淺了，我可以幫忙把妳扔到那邊。」

「嗝……不是，我是……嗝，想上岸活動活動……嗝。」她萬分沮喪，痛恨自己沒用，方才不僅被他嚇哭了，此時還止不住打嗝，既影響說話的連貫，又影響說話的氣勢。

祁鳳翔看著她，默然良久，忽然笑了一笑，道：「妳還真是不經嚇。」

蘇離離在往日唯覺他笑裡藏刀，此刻卻巴不得他戴上這副假惺惺的面具，正在腦海裡搜刮著話語來答，祁鳳翔已遞過一杯白水，「喝水。」

蘇離離接過來，小口小口地連續喝下，放下杯子，打嗝止住了。一下子安靜下來，蘇離離倒不知該說什麼好。

祁鳳翔又倒了一杯水，自己抿了一口，自語道：「我曾聽一個大夫說，打嗝是因為緊張。看來果然不錯。」

蘇離離「呵呵」假笑兩聲，「那是因為你用刑訊逼供來嚇我。」她把「嚇」字咬得格外精準。

「其實審訊女人，不必讓她痛苦。」他眼神曖昧，眼角的線條流出神韻，「而該讓她快樂。可惜妳不是女人，頂多算個孩子。」

孩子就孩子吧，不跟他做無謂的辯解，以免惹禍上身。她乾笑道：「那是，那是，你相信我沒有你要的東西就好。」

祁鳳翔置杯大笑，且笑且答道：「我不相信！我本可以殺了妳，也可以讓人審妳。」

「那……那你為什麼不？」蘇離離剛問出來就想打自己耳光，真是找死。

「因為我答應過別人。」他收起笑意，只剩一派清冷和煦。

蘇離離漸漸睜圓了眼睛，「誰？」

祁鳳翔不答，蘇離離也顧不上怕他，一把扯住他的袖子，「是不是木頭？」祁鳳翔的袖口洇染著團團血色，由深及淡，似桃花霧雨，手腕上的猩紅蜿蜒如渠，虎口傷處卻已止住了血。他皺眉看著那隻手，道：「妳可知道皇上是怎麼死的？」

「被鮑輝殺死的。」

他搖頭，「是妳那個木頭殺死的。」

蘇離離這麼久以來，驟然得到木頭的消息，渺茫的期待與難以置信交疊衝突，竟愣在那裡。

祁鳳翔淡淡道：「鮑輝雖有不臣之心卻沒那麼蠢。弒君會成為天下諸侯群起而攻之的藉口。皇上暴死，無論是不是他做的，都可以算在他頭上了。我和江……和木頭定約，他替我殺皇上，我替他殺鮑輝。」

蘇離離驀然想起祁鳳翔訂製的那具棺材，木頭親自刻上符咒，刀刀峻峭，要讓鮑輝永不超生，「他和鮑輝有仇？」

祁鳳翔點頭笑道：「有仇，家破人亡之仇。」

「他是誰？」

「哈哈哈，妳和他朝夕相處兩年，竟然問我他是誰？妳真是單純得像個傻子。」他笑得肆無忌憚，罵得痛快淋漓。

蘇離離默然，她確實該被嘲笑，不明不白地救了個人，到頭來連他是誰都不知道，她忍不住要問：「他在哪裡？」

祁鳳翔頓了一頓，才道：「我也不知道。」

蘇離離審視他的表情，一無所獲。木頭殺了那昏君，可皇帝豈是這麼容易殺的，時繹之武功如此高強，不知皇帝身邊還有幾個這樣的人。她突然緊張道：「他……他是不是死了？」

祁鳳翔頗不耐煩，「沒死，也許他另有事做。」

扶歸樓裡，欠錢君說，還找別人做什麼，我去就是了。祁鳳翔說我沒有合適的人，不行，必須得有十足的把握。蘇離離靈光一現，忽然回過神來，「他和鮑輝有仇，直接殺鮑輝不就完了，為什麼要和你定下這個約定，替你殺皇帝，讓你替他殺鮑輝？」

祁鳳翔嘆道：「妳真是蠢得讓人想打妳。他為什麼這麼做，我也不知道，興許是想替妳報個殺父之仇，順便跟我叫板，迫我答應不許傷妳。」

「可他叫我不要相信你，他自己卻信你？」蘇離離萬念之中，慌不擇言。

祁鳳翔微瞇起眼睛，望進她眼眸，「他知道我是什麼樣的人。」

「你是什麼樣的人？」

「我只對值得相信的人守信用。他正是這樣的少數之一。」見蘇離離聽得愣愣的，他用手指在她眉心一劃，像看白痴一樣憐憫地問，「明白了嗎？」衣裾輕拂，轉身到船頭上去了。

蘇離離猶自發呆。原來木頭什麼都知道，他知道祁鳳翔盯上了蘇離離，才與祈鳳翔定約不許傷她。為了這個，他替祁鳳翔殺人，為她報仇。祁鳳翔果然也殺了鮑輝，按下《天子策》的祕密，沒有當真逼迫她。可是木頭呢？木頭在哪裡？她一時只覺得雜念紛亂，耳中漸有萬馬踏蹄般的轟鳴，鼻間彷彿嗅到塵土飛揚的味道。

蘇離離猛然自發呆中回神，鑽出船艙，見祁鳳翔臨風而立，衣袂飄飛，注目遠方。蘇離離順著他的目光看去，西南方遠遠的地平線上，太陽將出未出，大隊的騎兵如暗雲一般壓來。蘇離離驚道：「什麼人馬？」

祁鳳翔的目光幽深遼遠，平靜得出人意料，「幽州戍衛營。」淡漠的語調像蟄居的豹，潛藏著萬千殺機，「為戰之略，需謀全域。一招既出，豈能隨意更改。陳北光如此庸才，即使盤踞一方，也不足為我對手。」

他伸出手，染血的手指盈盈舒張，晨暉明滅間，沉靜的姿勢像開出一朵佛光瀲灩的紅蓮，卻襯在暗沉殺戮的背景上。蘇離離從旁看去，彷彿已觸到烽煙征塵的厲烈快意，與凌駕萬物之上的悲厭冷清。

祁鳳翔太過複雜莫測，蘇離離瞬間明白，自己永遠不是他的對手。扶歸樓一時的巧言令色，恍若隔世，幼稚無比。蒼穹之下，風塵之上，人如飄萍無依。

蘇離離一覺醒來，窗外陽光明媚，倒讓她想起佛經裡的一個故事。一人上山砍柴，路遇猛虎。驚急之中攀上岩壁一根枯藤，勉強躲過虎口，卻見頭頂一鼠正在啃噬那根藤條。下有老虎咆哮，上有老鼠咬藤，危急中忽見眼前草藤上開著桑葚。他摘下一枚一嘗，覺得甘甜無比。

艱難困苦固然充斥人世，細微處的甜蜜滿足卻令人心生歡喜。即使人生是一場大的破敗，勘不破的人仍要經營小的圓滿，比如蘇離離望見這燦爛陽光，便一躍下地，跑出草屋。門前有大片的桃花，灼灼其華，讓她心情大好。仰頭看去，一片落英徐徐掉落，無聲，卻摸得到時光靜謐的痕跡。耳畔有人清咳一聲道：「蘇造辦，今早營裡搬來了箭矢。這是清點的數量，妳簽一下。」

「哎，哎。」蘇離離接過來，哀嘆連連，不知祁鳳翔究竟做何打算。

那天清晨，祁鳳翔一躍上岸，將她扔在渭水舟中，臨去只說了一句，「好好待在船上，敢下水我就讓妳溺死在水裡。」蘇離離只好趴在船沿望斷春水，終於等來那位書生小白臉，正是扶歸樓的哈將軍。

蘇離離於飢餓中見著熟人，雖是祁鳳翔的人，也覺得激動。激動之下脫口叫道：「哈公子好啊。」見來人莫名其妙地看著她，蘇離離想了半天，「啊——應公子。」

應文搖頭輕笑，「蘇姑娘好。」

應文辦事縝密，有條不紊。當即找來舢舨，將蘇離離帶下船，安頓在桃葉渡旁邊的小鎮。祁鳳翔大軍當日便駐在渭水南岸，使手下大將李鏗去攻陳北光屯糧草的成皐。陳北光一面親自修書來質問祁鳳翔，一面手忙腳亂調兵抵禦。祁鳳翔拿到書信掃了一眼，笑了笑，隨手撕了。

應文在第二天帶給蘇離離一紙任令，乃祁鳳翔手書，命她為箭矢造辦主管，蓋了右將軍大印，下轄一百個工匠。蘇離離見令，哭笑不得，辭受兩難。應文道：「蘇姑娘不必為難，祁兄用人自有道理。讓妳造辦，妳就照辦吧。」

蘇離離莫名其妙地上任了，官邸就在桃葉鎮的這片草屋裡。上任之後發現祁鳳翔哪裡是眼光獨到，簡直是剝削壓榨的本性不改。箭矢造辦說難不難，說簡單也不簡單，難得一個精細。

箭矢在戰鬥中消耗頗大，每人每天要造百支以上的箭，按造箭支數記帳行賞。不同的箭頭有不同的射程，箭桿的削鑿、箭羽的偏正，都是影響射擊效果的東西。偏偏蘇離離做慣了木工活計，觸類旁通，半天不到，熟練至極，監督造辦，一眼看出優劣。

營中各部每日往來搬取點數，需要詳細記明，帳冊煩瑣。偏偏蘇離離記慣了帳，誰家做什麼樣的棺材，什麼時候取，做到什麼程度了……比這箭矢製造煩瑣得多。於是她一經上任，便萬分勝任，少不得操勞辛苦。

閒暇之時，仰天長嘆，小時候沒見八字帶官殺，怎麼在軍中做起官來了。一時高興，將那剩下的木料敲敲打打，研究嘗試數日，做出一具一寸長的小棺材，蓋、幫、底俱全，還上了漆，和真棺材無異，只是尺寸玲瓏一些。

她心裡高興，在這棺材首尾鑿上兩個小孔，加上線繩底穗，做成飾物。趁應文來此，為答謝這些日子的關照便送給他。應文見這袖珍棺材，清俊的臉龐抽搐了一下。蘇離離捧著棺材，像捧著最寶貝的孩子，侃侃而談。

棺材者，升官發財也。常常戴在身邊，可以帶給你一個超然的心態，無畏生死；可以帶給你一份沉著的智慧，貫穿始終；可以帶給你一個靈魂的歸宿，心安理得。想要在這紛繁複雜的塵世獲得一方寧靜祥和的天地嗎？戴上這具棺材吧。

晚間，應文回到營裡，腰帶上沒佩玉飾，卻掛了具棺材。祁鳳翔聽他如此這般把話重複一遍，絕倒在中軍大帳，笑得伏案抽搐。心情一好，打起陳北光越發神出鬼沒，奇譎難測，手掌一翻，盡下冀北十三縣，更將成皐圍得鐵桶一般。

陳北光糧草不濟，拚不得，親自領兵去解成皐之圍，前腳剛走，祁鳳翔便施施然渡江占領冀北首府太平，住進陳北光的將軍府。陳北光進退兩難，拚盡手下兵將，衝入成皐固守待援。

此時正是四月，夏始春餘。蘇離離這造辦也從江南做到了江北。自渭水舟中一別，她再沒見過祁鳳翔。有時候想起他來，覺得為了自己小命著想，此人還是少見為妙，早早打包回家才好。這個想法一經吐露，應文便溫文爾雅、波瀾不興地回她一句：「右將軍不發話，誰也不敢放妳走。」

右將軍者，祁鳳翔也。蘇離離痛下決心，擬捨生忘死見他一回，求他放自己回去。奈何祁鳳翔忙於軍務，蘇離離也忙於公務，兩下裡見不著。讓應文帶話一問，祁鳳翔淡淡道：「她回去能做什麼，整個鋪子裡就只有她一人，日夜苦守也無甚趣味。不如留在這裡，幫我做點事。」

蘇離離死也不信祁鳳翔的軍中會缺造辦，把她留下真是怕她孤單無聊？她斷然地否決這個解釋，定是祁鳳翔賊心不死，想追問那匣子的下落。礙於木頭的面子，不好對她明白下手，便想徐徐圖之。唉，木頭啊。

再過兩日，祁鳳翔又來一道喻令，說她既想做棺材，那就做兩具吧，材料不限，厚薄不限，蓋上刻字，一曰貪婪小人，一曰寡決匹夫。蘇離離悻悻地應了，揀了二流的松木板子慢慢地精打細造。只要是做棺材，她都不願馬虎了事。

世上什麼事最不可忍受？就是做出不像樣的棺材！

這日午後，她把兩口棺材打好的板子，用細砂紙磨了，把造箭的工匠材料安排妥當，便去找應文，要他帶自己去見祁鳳翔。應文竟將從她那收下的棺材一直佩在身上，拿人手短，也不好拒絕，便帶她到了將軍府，說祁鳳翔有空就讓她見。

走到將軍府正殿廊下，朱漆的雕椽像圓睜的眼睛，定在排排屋簷上。簷下正遇欠錢君，戎裝帶劍而出。應文見了招呼道：「哈，李兄。」欠錢君本要答話，一眼望見蘇離離就皺了眉，愣了片刻，答道：「哼，應兄。」蘇離離忍不住「噗哧」一笑。欠錢君大是不悅，「妳笑什麼？」

蘇離離連忙收笑，道：「沒什麼，只是看應公子喜歡說哈，公子你喜歡說哼，二位正是相得益彰。」

欠錢君哭笑不得，勉強冷然道：「一點體統也沒有，不知祁兄看上她哪一點。」

蘇離離哀哀一嘆，心道公子差矣，他看上的不是我，而是《天子策》。

應文止住說笑，截過他的話道：「蘇姑娘，這是李鏗，祁兄手下第一大將。」

蘇離離不甚關心戰事，也不知李鏗是多大的將，只點點頭姑且應付，聽應文道：「他現在得空嗎？」

李鏗搖頭，「他要找的那人已經捉住了，我正帶他來，在上面呢。」

應文也皺眉道：「這樣……李兄先請吧，我去看看。」

沿著走廊往上，到了一間畫閣外，窗戶半開，侍衛林立，耳聽得祁鳳翔的聲音像簫管陶壎般醇厚沉靜，道：「你怎麼跑得這般慢，讓我手下捉住了？」

一人答道：「我也慚愧得很。」帶著幾分假裝的誠懇。

蘇離離覺得這聲音有些耳熟，站在門外正要再聽，不料應文將她一扯，示意她進去。蘇離離踏入房門，便見一張大案桌之後，祁鳳翔懶散地靠在椅上，正眼也不看他們。案前站了一人，正是當日睢園那個假歐陽覃。

蘇離離大驚，不禁伸手摸了摸脖子。祁鳳翔瞥見她這個動作，唇角微微一翹，說話都帶了幾分溫朗的笑意：「說說你是誰吧。」

那人應聲答道：「我叫趙無妨，她叫方書晴。」他手一指，落到旁邊客座上，正是在梅園贈帕的白衣女子，神色淡漠，半倚著扶手。

「你帶著這女人做什麼？」

趙無妨微微一笑，「我現下正想將她獻與將軍。」

祁鳳翔也淡淡笑道：「哦？這女人一臉菜色，已是屍居餘氣，想必床笫溫存也沒什麼好的。」

趙無妨道：「你不覺得有趣，陳北光未必。」

「方書晴十年前乃冀北有名的詩妓，陳北光便是裙下之臣。可惜他父母嫌棄方書晴的出身，不許陳北光納作妾室。方書晴流離江湖，不料為我所獲。我得知陳北光對她念念不忘，想用她跟陳北光談個條件。」

他目光一沉，說不出的銳利陰鷙，「可惜你大軍到此，取冀北之後，必取豫南，則與京畿互為犄角，牢不可破。北方再無人可與祁氏抗衡，此地我也不願多留。她於我已無用處，不如送給將軍，對付陳北光或許還有點用。」

祁鳳翔淡定地聽完，對他說的戰略不置可否，略換了姿勢，平靜道：「陳北光已經和蕭節勾結起來了，兩家打我一個，你就這麼肯定我能勝？」

趙無妨道：「我想你比我更肯定。」

祁鳳翔大笑：「這話說得我都不想殺你了。你想要什麼？」

趙無妨一指蘇離離，「那日你說換人，如今便換這個姑娘吧。」

蘇離離眼睛一瞪，心罵一聲老娘來得真不是時候！

祁鳳翔姿勢未變，聲音卻多了幾分冷然，「不成，你那個女人已經掉價了。」

趙無妨哈哈一笑，「開個玩笑。我什麼也不要，只想略表我的友善之情。」

「哼，你見此地已無伸展之方寸，便想他方尋機起事？你何不用她換你自己，以免我現在殺了你。」

趙無妨緩緩道：「祁公子可知飛鳥盡，良弓藏；狡兔死，走狗烹。為祁氏之大業，你自可以殺我；為了你自己，倒是留下一兩個勁敵才好。」

祁鳳翔微仰著頭，笑意淺淡，目光有些陰晴變幻，沉吟片刻，下巴一抬，「你去吧。事不過三，下次再讓我看見你，必定要殺你。」

趙無妨抱拳道：「祁公子，後會有期。」一側身，深深地看了蘇離離一眼，拂袖而去。

蘇離離被他看得心裡一寒，聽一旁的方書晴咳了起來，上前握住她的手道：「這位姐姐，一向可好？」方書晴用絹子抵在唇上，喘息片刻，微微一笑道：「好。」態度風致仍是婉柔綽約，彷彿不是身陷囹圄。

應文目視趙無妨出去，道：「你不該放他走。」

祁鳳翔笑了一笑，想說什麼，又像是在想什麼，眼珠一轉看到蘇離離那邊，忽問方書晴：「妳想見陳北光嗎？」

方書晴看著他的目光帶了絲幽幽寒意，「見又如何？不見又如何？」

祁鳳翔也不多說，立下決斷道：「我送妳去見陳北光，妳告訴他，後日辰時，成皋決戰！應文，安排人送這位夫人到成皋軍中。」

方書晴驚詫之餘，有些近鄉情怯般畏縮，一時坐在那裡發愣。

祁鳳翔站起身往外走，應文一個眼色，蘇離離忙跟了出去。祁鳳翔理著折袖，徑直轉過後廊無人處，遠山近舍都籠罩在陽光之下，清晰宏遠。

他迎著陽光站住，伸展一下手臂，抱怨道：「我坐了一上午。」

蘇離離亦步亦趨跟在後面，在他身後站定，疑道：「你當真要放那個方什麼的姐姐去見陳北光？」

祁鳳翔「嗯」了一聲。

蘇離離躊躇道：「其實……她挺可憐的，你不要為難她。」

祁鳳翔終於回過頭來看她，距離不遠不近，眼神不冷不熱，氣氛不鹹不淡，蘇離離卻莫名其妙一慌，先低下頭。

祁鳳翔看她俯首斂眉，三分玩味又帶著三分嚴肅道：「我並沒有為難她呀，妳以為我想做什麼？」

蘇離離猶豫片刻，道：「你……是看陳北光性情優柔多疑，想亂他心志？」

祁鳳翔抱肘道：「我以為恰恰相反。他們今日一見，陳北光必定振奮勝過往日。」

「那為什麼？」若是以前，蘇離離必定不會這樣問下去。現下祁鳳翔既知道她的身世，又將她捏在手中，也沒什麼好怕的了。言談之間，反無所顧忌了些。

祁鳳翔在豔陽之下笑出幾分清風明月的涼爽，轉看向遠處牆院之外的市井屋舍，辭色卻是肅然而不容置疑，「因為我必勝，陳北光必敗，只是早晚的事。陳北光雖蠢得會為一個女人自亂陣腳，我卻不願以婦人相脅戰勝，白白辱沒了這大好河山。」

他氣度卓然，風神俊朗。蘇離離看著遠處天地相接，層巒起伏，生平竟也第一次覺出了馳騁天下的快意。她數十年來蝸居一隅，擔驚受怕，一時倍覺釋然。即使天下紛紛擾擾，即使木頭一去不回又怎樣，蘇離離仍是蘇離離，自有一番天地，自有心意圓滿。

她受這情緒鼓舞，當下真心誠意道：「你這就是所謂『狂者進取，狷者有所不為』。」

祁鳳翔望她微笑，「又胡說。我雖樂意狂狷不羈，也自有許多掣肘[22]之事，不得不為。人生在世，哪能恣意無畏。妳雖年少清苦些，卻還能悲即是悲，喜即是喜，這已很好了。」

蘇離離一愣，暗思祁鳳翔確是喜怒極少形諸顏色，永遠不知他在想什麼。只渭水舟中那夜，偶然將情緒顯露出來，卻是用釘子扎了他自己。他當時冷靜狠戾的神情如在眼前。

蘇離離清咳一聲，「俗話說，光腳的不怕穿鞋的。只因為遭遇差到極點，所以無畏無懼。你有所持、有所求，自然自由不了。」

祁鳳翔點頭，看不出是讚許還是嘲諷，道：「不錯，有長進。聽著有些佛道意思了。」

蘇離離還沒來得及得意，他又道：「只是有些人不是不願放下一切，而是不能放。有進

22 掣肘：為難、牽制。

無退，一退即死。比如妳爹，辭官遠走可自由了？」見她又漸漸眼現迷糊，高興道，「小姑娘，好好參悟吧。」

蘇離離大不是滋味，此人專喜貶低別人來襯托自己的高明，可偏偏他怎麼講都像是有理。祁鳳翔如洞悉人心一般地安慰她，「不過冒傻氣正是妳的可愛之處，改了倒一無是處了。」言罷，施施然地撣了撣衣襟，便往回走。

蘇離離驀然想起，來見他可不為這麼鬼扯一通，連忙追上去叫道：「將軍大人你等等——」

祁鳳翔頭也不回，蘇離離大聲道：「我要回家，放我走！」

祁鳳翔一撩衣襬邁進畫閣裡，平淡道：「不行。」逕自走到大案前，鋪開一張地圖，上面標著三色線號。

蘇離離一頭栽到案上，「為什麼！」看他今天心情貌似不錯，遂決定死纏爛打一番。

祁鳳翔閒閒地將圖一指，「妳說，蕭節會不會幫陳北光？」

「啊？」蘇離離始料不及。

祁鳳翔將圖上態勢指給她看，道：「若妳是蕭節，妳會出兵給陳北光解圍嗎？」

蘇離離眉頭一皺，「陳北光一敗，他脣亡齒寒，自然要救。」

祁鳳翔狹長的眼眸微微一瞇，一本正經道：「原來如此，妳知道『脣亡齒寒』，那妳知道『髀重身輕』嗎？」

「什麼？」

祁鳳翔在椅上坐下，悠然道：「《戰國策》上講，楚國伐韓，韓求救於秦，派使者尚勒去遊說秦王出兵。尚勒講了『脣亡齒寒』的道理，秦王很讚許，秦宣太后卻對尚勒說，『當年我伺候先帝，先帝搭一條腿在我身上，我覺得很重；可先帝整個人壓到我身上時，我卻不覺得重了。你知道為什麼嗎？』。」

他前傾湊近蘇離離，萬惡地笑道：「宣太后說，『因為那時舒服啊！以秦救韓，正是負重致遠，韓國不給秦國好處，讓秦國舒服，秦國憑什麼出兵？』依我看，蕭節只怕和宣太后差不多。」

蘇離離聽得目瞪口呆，兼兩頰飛紅，結巴道：「啊……啊，這太后可真大膽，朝堂之上，在外使面前敢說這樣的話……」

祁鳳翔好整以暇地欣賞她如遭雷擊的表情，接著道：「這也沒什麼，秦太后大多彪悍若此。始皇之母趙姬，有一個中意的姘夫[23]名叫嫪毐。《史記》中記載，此人有一項異於常人的才能，妳知道嗎？」

23 姘夫：有婚外情的男子。

蘇離離大驚失色，連脖子都紅了，像兔子一樣蹦起來，連連擺手道：「不用不用，我不想知道。」一邊說邊走，落荒而逃。祁鳳翔靜靜地看她跑出門，方倒在椅上哈哈大笑。蘇離離如離弦之箭竄出將軍府，看見她的人都要讚一聲，不愧是箭矢造辦，人如其職！

蘇離離回到北街的造箭司，一眾工匠正削得那木桿喳喳作響。在這兩日，祁鳳翔正要能射出五百步距離的長箭，箭身長、寬，各部位的重量都有一定的比例。蘇離離一一查驗一遍，坐到自己的棺材板前。

松木獨板六寸厚，這個規格材質，在棺材裡算是下品。她撫著松木特有的紋理，窘意漸消，心裡卻憤怒起來。祁鳳翔這廝真不是個好東西，看書都看得如此齷齪。她轉而一想，也不對，《戰國策》怎麼能叫齷齪。那麼是他這個人齷齪，對！他竟然說……舒服……呸！

蘇離離想了一回，臉上又有些發熱，起身招呼兩個人進來釘那棺材板。兩個短衣小工依她的指導，叮叮噹噹釘好了。闔上蓋子，處處合適，只要刷上漆，就能嚴絲合縫了。其中一人讚道：「總管做的棺材，比我們老家那最好的棺材鋪子做的都好。」

蘇離離於做棺材一事也從不妄自菲薄，道：「我本來就是經營棺材鋪子的，經手的棺材沒有一千也有八百。」

那人低聲笑道：「是，是，總管知道不，那剪箭羽的小伍今天早上偷偷溜回家了。」

蘇離離眉頭一皺，「什麼？他怎麼不跟我說？」

「他知道現在正忙，不許告假，所以私自走的。」他指指外面，「還跟王師傅說好，不告訴妳。」

蘇離離心下雪亮，這人是在告小狀啊。不辭而別，師傅還幫著隱瞞，必然有不得已的苦衷，也許是家裡出了什麼急事。她看了外面一眼，默然片刻笑道：「知道了，等我問明白再說吧。」

告狀那人不料她就這樣辦了，想再添兩句，又看她神情淡漠，只得悻悻而出。

蘇離離冷眼看他出去，忽然一個念頭閃過——別人能溜，她為什麼不能溜？祁鳳翔讓她造辦，她就傻在這裡造辦，又沒賣給他，憑什麼啊？此念一起，再難止住。方才他說後日辰時與陳北光決戰，到時兵馬一動，兩陣對圓，誰還顧得上看著她。

天予不溜，反受其咎。

第二天，天色轉陰，祁鳳翔領兵往成皋。蘇離離早起飽餐一頓，穿著素日穿的衣裳，揣上餘下的軍需錢款，假作去找應文，實則攜款潛逃。遠遠跟在大軍後面，自北門而出。她站在城牆邊，看著後軍遠去時揚起的塵土，心裡倒生出幾分茫然惶惑。

天地越是高遠，她越是無處可去，那麼還是回京去吧。且把一個地方住成家，無論它是破敗殘缺，還是人去樓空，總會帶著某種眷戀。想起那青瓦白牆下的葫蘆架，牆外的黃桷蘭香，蘇離離振作一下精神，沿著城牆折而向西行去。走了半日到了一個小縣，便在一家路邊小茶寮裡歇息。

店家端上一壺花茶，褐黃的顏色，入口略有茶意，卻多是澀味，還不如喝白水。蘇離離不由得懷念起祁鳳翔的六安瓜片，但願他此戰成功。一招店家過來，問：「京城是哪個方向？」

店家怪異地看了她一眼，道：「客官，就是您來的那個方向。」

蘇離離臉色一黯，回望了望，「我不認得路，是那麼過去嗎？那不是到太平府了？」

「是，這裡也是太平府轄界。您沿著城外官道往東，一直走，就到渭水了，渡過渭水……您再問吧。」

「哎，多謝。」她懊惱地應了一句，怎麼就記錯了。

身後忽然有人冷冷道：「難道妳又走迷路了？」

蘇離離驀地回頭，「啊」的一聲，「你……你怎麼在這裡！」

趙無妨一身藍布長衫，側身而坐，不陰不陽地笑道：「果然是妳。怎麼不待在主子身邊，反倒跑出城了？難道是掉隊了？」

蘇離離灌下一大口破茶，強自鎮定道：「他不是我主子。他是……是我一個朋友。現在他打架去了，我要回家。」

「哈——」趙無妨笑道，「用兵不叫打架。」

「不都是聚眾鬥毆嘛，就是規模大了點而已。」蘇離離小聲嘀咕。

趙無妨注視著她，似是探究，「有趣，有趣。」頓了一頓，「既是妳朋友，他去打架，妳就不看看？」

蘇離離隨口應道：「我不會打，怕血濺到身上，還是躲遠一些好。」

「我正要去看他們鬥毆，不如妳跟我一起去吧。」

蘇離離連連擺手，「不必不必，你一個人方便。希望打得精彩，祝你看得愉快。」

趙無妨默然看了她片刻，微蹙眉怪道：「妳究竟是膽小還是膽大，是聰明還是糊塗啊？說妳膽小吧，這時候還能對著我大大咧咧地胡說；說妳聰明吧，小至園子大至城郭，連個路都不認得。」

蘇離離摸出茶錢放在桌上，站起來道：「我先走一步，你慢慢喝。」

走過他身邊時，趙無妨笑了一笑，手臂一晃，蘇離離只覺後心一疼，人便癱軟下去，眼前黑了。

柒・有恨無人省

醒來後，依稀只聽得雨聲滴答作響，彷彿那一年在明月樓聽言歡撫琴的聲音，心裡莫名寥落。蘇離離緩緩睜開眼，卻倚坐在一個草棚裡，四面風寒。趙無妨生著火，望著天邊出神。蘇離離一動，他轉過頭來，看了一眼，又視之不見地回過頭去。

蘇離離再動了動，坐正了，抱著膝蓋，看著外面的水滴，忽然道：「你別想用我威脅祁鳳翔，我跟他其實連朋友都算不上。」

趙無妨拈著一支樹枝，扒了扒火，道：「至少是對他有用的人。男人不會無緣無故帶著個沒用的女人打仗。」

蘇離離道：「我大約也只能幫他做棺材。」

「妳姓什麼？」趙無妨突然道。

「呃——」蘇離離慢了一拍，方道：「姓木。」

趙無妨搖頭，「說謊。」

這人怎麼和祁鳳翔一樣狡猾？蘇離離吸一口氣，如流水般念道：「好吧，我不姓木，我姓莫，是京城如意坊後開裁縫店的莫寡婦的小叔子的二女兒，從小跟著我嬸子學裁縫，跟鄰街蘇記棺材鋪的少東家學過做棺材。」

趙無妨默默地審視她片刻，道：「那蘇記棺材鋪裡都有些什麼人？」

「嗯……少東家蘇離離，還有一個老僕人。怎麼？你認識？」

氣氛霎時變得沉靜，像危險的獵人和機敏的獵物，一個在尋找蛛絲馬跡，一個在躲避細枝末節。半晌，趙無妨陰惻惻地笑，「蘇離離，妳跟我耍這些把戲。」

蘇離離瞪眼道：「什麼呀，我叫莫問柳，百福街上的大家都知道的啊。」

趙無妨注視她的神色，道：「我的人查出了蘇記棺材鋪的老僕，是當年太子太傅葉知秋的僕從。」他言盡於此，卻望著她眨也不眨。

蘇離離表情未變，心裡卻翻湧起伏，啞然愣怔道：「什麼？誰的僕從？」

趙無妨盯著她的眼睛，一字字道：「我的人問他，他卻死也不肯承認。」

蘇離離仍是愣愣地看著他，眼裡卻溢出大顆的淚水，掉落在乾草堆裡。

趙無妨冷冷道：「妳姓蘇。」他上前兩步，一把捏住她的下巴，將她的臉抬起，有些急促道，「妳是葉知秋的什麼人？」

蘇離離愣愣道：「我是他女兒。」

趙無妨瞳孔倏然收縮，道：「妳是他女兒？」

「是。」蘇離離漠然地回答。

他忽然摩挲起她下顎骨的肌膚，慢慢鬆開，似乎在思索。

蘇離離冷冷笑道：「你想要什麼？《天子策》？」

「當真有？」他遲疑。

蘇離離點頭，「有，在祁鳳翔手裡。這就是他帶著我的原因。」

「他逼妳交給他了？」

「沒錯。」

毫無預兆地，趙無妨一掌搧在蘇離離的右臉上。在雨滴聲中聽不出多大的聲音，卻打得她摔在乾草堆上。他陰沉一笑，「妳實在是不會說謊。若這種東西被人知道，必不得安寧。祁鳳翔內有父兄，外有強敵，豈敢拿在自己手裡。若是拿到了，必會殺妳滅口，又豈會把妳帶在身邊到處招搖？」

蘇離離的臉像著火一樣疼，她慢慢坐起來，仍是平靜地說謊：「他沒有鑰匙，鑰匙在先帝的侍衛長時繹之手上，時繹之又瘋在陳北光府上。時繹之舊年認得我娘，所以祁鳳翔想讓我來騙鑰匙。但是沒成，時繹之帶著鑰匙跑了。」

趙無妨冷冷地看著她，不知她說的是真是假，但見蘇離離一副認命的表情，在心裡重新思量自己的謀劃。正出神間，蘇離離難得出手如電，出乎意料地將一個耳光拍到他臉上，手勁雖不夠大，但也打到了他的左頰上。

頃刻間，趙無妨反手又是一巴掌，將她打倒，氣猶未解，用力抓住她的頭髮將她拖起來。抓得蘇離離尖叫一聲，卻咬牙道：「老子這一耳光是替程叔打的！」

趙無妨一手抓著她的頭髮往下拽，令她仰起頭，注視半晌卻沒再動手，古怪笑道：「仔細看看，其實妳長得也不錯。我一說換妳，祁鳳翔臉色都變了。」

蘇離離罵，「渾蛋！」

趙無妨抓著她的頭髮不鬆，反笑道：「這潑辣的樣子挺夠味的，不知扔到床上還有沒有這浪勁。」

蘇離離大驚，且大怒。須知祁鳳翔有時也說些無恥的話調戲她，卻不會這樣露骨，只讓她覺得鬱悶。然而這人說的話，讓她切實覺得被侮辱了。正在這關頭，草棚頂上突然「砰」地一響。趙無妨一下鬆開她，站起來凝神細聽，片刻之後衝出草棚。

樹上跳下一人，身披蓑衣，頭戴斗笠，笠沿壓得很低，看上去刺蝟一般，全身又滴著水。趙無妨直攻上去，那人虛擋一招，回身就走。

趙無妨追出兩步，站住了，便見那人沿著林間小道一路走遠。他折轉身，一把抓起蘇離離道：「時候不早了，我們也走吧。」

此時已是後半夜，雨點稀疏起來，但還是很快淋溼了蘇離離的衣裳。一路上，山林木葉散著雨後清香，一陣風吹來，冷得她發抖。趙無妨抓著她的手腕，只管急行。蘇離離一路磕絆絆，腳上不知踢了多少樹根，就差沒死在地上被他拖著走了。

行到天色將明未明時，鑽出山間小道，沿著樹林邊滑下一道陡坡。蘇離離一跤摔進泥漿裡，膝蓋撞上泥水裡的石塊，疼得她眼淚都要出來了，卻咬著牙不肯吱聲。趙無妨看她一眼，道：「看妳也是個貪生怕死的，反倒還硬氣起來了。」

蘇離離捂著膝蓋，有氣無力，「謬讚了，殺我害我的人雖多，你是混得最差的一個。」

趙無妨伏在一道土塹後，從稀鬆的林木邊緣凝視前方道：「人不爭一時長短，妳若足夠長命，便拭目以待吧。」

前方昏暗的天色中隱現一道城郭，遠遠有人馬自右而來，火光如星，不計其數，漸漸在城門前一里處站定。便見城門上也站滿了人，只見身影，卻無火光。趙無妨沉吟道：「這架要打不成了，陳北光的手下根本無心招架。」

少時，城門緩緩打開，天色漸明。陳北光一騎當先衝出城門，手綽長刀，一身銅甲反著金色暗淡的光。身邊跟著一人，騎著馬伴隨左右，衣袂蹁躚，正是方書晴。他站在陣前大聲道：「祁鳳翔，出來！」

右軍陣形緩緩分開，像山川相繆的巋然與靈動，祁鳳翔徐徐策馬而出，意態矜持高貴，微微頷首道：「怎麼？陳大將軍要和我單打獨鬥？」

陳北光將刀一指，「自古兵對兵，將對將。你我就鬥一場，我死了，你放過我的兵卒；你敗了，就收兵而回。」

趙無妨這邊先「嘁」地一聲笑。

祁鳳翔一手虛握著拳抵在唇邊，笑容襯得他豐神如玉，道：「將軍讀迂了書嗎？我今日兵多而氣勝，必取成皐也，豈有我一人之敗而致全軍無功而回？前日見你不明戰略，只道是個腐儒；今日竟要戰場肉搏，真乃無用匹夫。世人竟稱你為儒將，可知『時無英雄，而使豎子成名』。」

陳北光被他一番折辱，大喝一聲，舉刀策馬直取祁鳳翔。後面的李鏗自祁鳳翔身後殺出，迎下他一刀，兵刃相交，火光四濺。刀鋒在祁鳳翔胸前一尺，劃過一道弧線，被擋開了。祁鳳翔並不抵擋，也不閃避，甚至連笑容都沒有改變，坐看李鏗與陳北光鬥在一處。

方書晴欠了欠身，注視陳北光的身影，眼神竟第一次焦急起來。城牆上有人舉出白旗喊道：「我等願降！」陳北光回看了一眼，手下一鬆，被李鏗砍中手臂。他慘然變色道：「罷了，罷了，我占據冀北二十年，不想兩月便丟了。事不能遂，成敗由天！」

趙無妨聽得這句，忍不住「哈哈」一笑道：「他竟還能怨天……」一回頭，卻不見蘇離離。他罵了聲「賤人」，抬眼四看，見遠遠的山林邊上的泥地裡，有個人影貓著腰蹣跚向前。趙無妨看她一眼，卻見場上的陳北光舉刀自盡而亡。方書晴將馬拉奔到他身邊，不知用的是利器還是毒藥，須臾之間伏在陳北光的屍身上死了。

蘇離離回頭看時，見趙無妨已追了上來，連忙手腳並用，爬上土塹，跳出樹林，手舞足蹈道：「救命啊——」

她所處本已接近祁軍陣腳，祁鳳翔聞聲注目，一時間也沒認出這一身泥的人是誰。片刻之後，眉頭一皺，眼睛瞇起，斷然令道：「拿下那兩人！」他身側的騎兵應聲而動。

蘇離離身子往後一沉，卻被趙無妨捉住擋在身前，有什麼鋒利冰涼的東西擱在她的脖子上。趙無妨的聲音如切金斷玉般狠決，「祁鳳翔，你再過來，我殺了她！」

李鏗勒住馬，回看祁鳳翔。祁鳳翔神色肅然，辨不出作何考慮，半晌，緩緩道：「我說過，再讓我看見你就殺了你。」

趙無妨緊抓著蘇離離道：「今日只是個小小意外，你可以當沒看見我。」

「你手上抓著的，是我軍中逃奴。」

蘇離離苦笑，她也不想弄成這個局面，然而老天總是和她作對。如今毫無辦法，逃奴也好，人犯也罷，只好任人宰割了。

「我沒抓她，是這位姑娘自己送到我手上來的。」

祁鳳翔抿著唇，眼神如吃人一般凶狠，盯著蘇離離，「放下她，饒你一命。」

趙無妨凝視他的神色，沉思片刻，拖著蘇離離後退幾步道：「別急，你的人總歸是你的，現下還要勞她陪我一陣子。」

祁鳳翔勃然變色，一字字冰冷道：「你威脅我？」

話音落時，他揚手抽出流雲箭，左手持弓，右手扣弦，坐騎之上身姿矯健挺拔，動作流暢漂亮，長箭呼嘯而出。趙無妨詫異地看他拉開弓，破風聲過時，蘇離離聽見自己的肋骨

「啪嚓」一響，低頭看見箭頭沒入胸肋，卻沒來得及感到疼痛。

只聽祁鳳翔咬牙道：「格殺勿論！」

趙無妨在耳邊亦咬牙道：「你狠。」

腰上一鬆，她向地下滑去，最後看見遠處地面上，陳北光與方書晴兀自相抱的屍體。當時一念起，十年終不渝。

闔上眼，聽見馬蹄聲向後追去，蘇離離轉瞬陷入了不知是此行第幾次的昏迷。

蘇離離很少做夢，這次卻做了很長時間的夢。時而像是被放在熱水裡煮，時而像是被扔在冰窖裡凍，度日如年，無一刻安寧。落雪紛飛的時節，驛外斷橋邊站著的青衣女子回頭一笑，正是十餘年來夢裡才有的情景。蘇離離彷彿回到十年前，輕聲叫道「娘」，心裡酸楚，已落下淚來。

一隻手撫上她的額頭，溫熱，寬闊，像含蓄的撫慰，瞬間打碎記憶，不知身在何處。原來骨子裡，仍是無家可歸的蒼涼。意識逐漸積累，她努力地睜開雙眼，欠了欠頭。一個人說：「妳別動。」

蘇離離定定地看著那人，半晌才從時光裡回到現在，有些疲倦地閉上眼，道：「你是祁鳳翔。」

祁鳳翔坐在床邊，側了身看著她，氣色不太好，平靜道：「沒傷著腦子吧，認不出人了？」

蘇離離覺得胸口有些悶，卻躺得很累，想動一動。祁鳳翔按住她的腿道：「叫妳別動。」蘇離離微不可察地一嘆，低聲問：「我是不是要死了？」

祁鳳翔蹙了眉，「受點小傷怎麼就要死要活的？」

蘇離離苦笑，不是她要死要活，是要死不活了，她也沒辦法。沉默片刻後，也不反駁，低垂了眼睫看著眼前的虛空。

祁鳳翔將她的被子掖了掖，有些放鬆，有些疲憊，淡淡道：「妳死不了，昏了兩天。斷了一根肋骨，傷及肺脈。救得及時，原本不算什麼大傷，可是又有點著了風寒。現在燒終於退了，再休養幾日應無大礙。」

蘇離離「嗯」了一聲。他望著她，也不生氣，仍是平靜道：「妳不該跑出來。可知道妳的身分若是暴露，世上有多少人想捉住妳？我在造箭司裡安排了侍衛，若是妳不出來，便沒人抓得了妳。」他吐出一口氣，卻道，「是我大意。」

蘇離離原本以為他會因自己逃跑而發火，然而此刻的他把所有情緒都掩蓋在平靜之下，反讓蘇離離心裡難受。她抬起左手，手臂痠軟，懶懶地將手擱在額上，遮著眼睛，卻笑道：「沒什麼大意不大意的，我早死晚死，在哪裡死都是一樣。」

祁鳳翔靜靜地看了她一會兒，伸手捉住她的手，也不拉起來，反輕輕按在她眼睛上道：「妳這是在怨我了。」

蘇離離鼻子一抽，他接著道：「趙無妨當時為什麼抓著妳不放？他知道妳是葉知秋的女兒了，是嗎？」

「是。」

「他怎麼知道的？」

「嗯……我說溜嘴……不過他也查了一部分！」

祁鳳翔嘆道：「真笨。妳若是被他抓去，可知他會怎麼對付妳？與其被他折辱，還不如被我一箭射死呢。何況，我若陣前因為妳而退縮，他就更以為妳奇貨可居了。」

他拉下她的手來，蘇離離咬著唇，倔強間隱忍著委屈，眼睛潤澤清澈，如雨水洗過的山澗。祁鳳翔撫拭著她眼角的淚，掌心摩在她右臉頰上，問：「挨打了？」

他的神情並無戲謔與嘲笑，反倒認真而關切。蘇離離像是受了蠱惑，又像是孤獨久了的孩子，經不起旁人用三分溫暖來引誘，內心帶著幾許掙扎，又有些希冀，問他：「我若是死了，你會不會難過？」

祁鳳翔愣了愣，望著她像是思索，又像是審視，有些遲緩，卻無比肯定，「我會難過。」他抽回手來，神色淡定，似陳述一個事實，「但若重來一次，我仍會用箭射妳。」

蘇離離拉一拉被子，蓋住了頭。祁鳳翔去掀，她拉住不讓。祁鳳翔自然不能使全力跟她扯，怕牽動她的傷口，「放開，別捂死了。」

蘇離離哽咽道：「捂死算了。」

祁鳳翔聽她哭起來，萬分無奈，惆悵道：「捂死了不划算。」

蘇離離抽得更厲害，「我自從遇到你，就再也沒有好事……遲早是要死的，嗚嗚嗚……」

祁鳳翔有些哭笑不得，站起來道：「什麼叫『遇上我就沒好事』？在睢園我暗示妳先走，妳卻走迷路，讓人掐得半死。時繹之那一掌我可沒拉妳，推妳走妳不走，自己跑來擋暈了。雖說後來我嚇了妳，到底是嚇妳的，也沒把妳怎麼著。這次更好，不聲不響地溜了，突然又在陣前跳出來。妳要我怎麼辦？當著三軍將士的面放他捉著妳走？」

蘇離離將被角扯開，憤然道：「你……你可以用箭射他嘛！」

祁鳳翔冷笑，「妳以為趙無妨是吃白飯的？我遠他近，再快的箭過去，他提一提妳也能把妳擋在前面。還不如讓我挑個不那麼有害的地方，不輕不重地來一下。」

蘇離離氣得磨牙，卻駁不得，轉而恨恨道：「趙無妨人呢？」

祁鳳翔那一張光風霽月的臉頓時棺材了，「跑了。虧他傷得那麼重還能跑。」

蘇離離冷笑，「真笨！這麼多人追一個，還讓人跑了，哈哈……」笑得太狂了，牽扯傷口，又「哎喲」一聲。

祁鳳翔無奈地笑，又坐回床邊道：「當時忙著救妳，顧不上他。他帶著箭傷竄進林子裡，再多的人也難搜。」

蘇離離抓住他的手臂，喘息兩下，低聲道：「程叔是他害的，我要殺了他。」

祁鳳翔想了想，道：「他既然覬覦《天子策》，志不在小，早晚死在我手裡。」

蘇離離沉默半天，忽然又問：「肋骨斷了的話，是不是要躺幾個月？」

祁鳳翔笑，「肋骨是最沒用的。我早年和人動手也斷過，自己還不知斷了。現下有最好的大夫，妳養兩天就能走能坐了。」

蘇離離怒道：「我能和你比嗎？你那肋骨裡裝的是鐵石心腸。」

「我謝謝妳口下積德，沒說是狼心狗肺。」

蘇離離且怒且笑，繼而又一驚，「我的衣服怎麼換了？」

「妳一身的泥，膝蓋也摔腫了，手腕又擦傷，難道就這麼躺著？」

「誰……脫的？」

「軍裡的老大夫脫的。」

蘇離離微微鬆了一口氣，聽他補充道：「我在旁邊幫忙。」

「啊？」這次她憤怒了，「你……看了我？」

祁鳳翔冷哼一聲，「我看妳？妳這種小孩有什麼可看的？我不看妳，妳早死得姹紫嫣紅了。」

蘇離離哀叫一聲，「你給我出去！」

祁鳳翔愈加可惡地笑道：「妳躺在本將軍的大帳裡，還要我出去？」

「啊——」蘇離離滑出一個顫抖的尾音，又埋進被子裡。

祁鳳翔正待繼續奚落，帳前有人稟道：「公子，藥熬好了。」

「進來。」

進來的是祁鳳翔身邊的長隨祁泰，端著一碗濃黑的藥汁，放在床邊的長案上。

祁鳳翔叫住他道：「你回來時，韓先生還說了什麼要注意的？」

祁泰恭敬道：「韓先生聽我說了一遍，說蘇姑娘的傷當時處置得很好。只要她醒了，就把這藥隔天一服，七天後可以下地走動，吃滿半月可停藥。三個月內不要跑跑跳跳，其餘並無大礙。」

祁鳳翔稍放下心來，沉吟片刻，道：「江秋鏑怎麼樣了？」

祁泰搖頭道：「還是老樣子，韓先生說找不到內力運轉不息的人相助，只怕他好不了了。」

「他這不是白說嘛。」祁鳳翔皺眉，眼神像暗夜裡波光粼粼的水面，「就算是少林的住持，也沒有這分功力。」頓了頓道，「你先下去吧。這兩天照樣煎藥送來。」

祁泰應聲而出，祁鳳翔屈膝坐到床上，用手指點著蘇離離唯一露在外面的頭頂，「出來吃藥。」

蘇離離不應，他哄道：「乖，聽話。」伸手拉開被子。

蘇離離只睜著一隻眼，幾分猶疑，偏又襯出幾分皮態。祁鳳翔失笑道：「這是什麼鬼樣子？」

蘇離離緩緩地睜開另一隻眼，低聲道：「你不會殺我吧？」眼神嚴肅而膽怯，竟是真的害怕。

祁鳳翔心裡有些不快，卻放柔聲音道：「不會，妳的小命在我手裡丟不了。快別鬧，乖乖把藥喝了。這可是江湖上有名的神醫韓蟄鳴開的靈藥，我千里迢迢令人取來的。」說著，小心地扶她半坐起來。

蘇離離望一眼，皺皺鼻子，「這什麼味？我不喝，一看就苦。」

祁鳳翔耐著性子哄：「良藥苦口，喝了我就給妳吃糖。」

蘇離離咬著唇，彷彿那藥是她的大仇人，「我最怕喝藥，吃糖我也不喝。」

祁鳳翔忍無可忍，大怒，「不喝我就捏著下巴灌！」

但見蘇離離飛快地接過來，咕咚咕咚喝了下去。

五月正是草長鶯飛，晚春時節，漸漸有細蚊在飛，天氣也溼熱起來。蘇離離養傷的這些天，下了兩場雨，空氣中都是草葉清香。祁鳳翔將三萬大軍分駐太平、成皁，自己卻不入城，只在這山野紮寨，休整了半個月。

每天，他扣住蘇離離的手腕，內力突入她體內，從天突至鳩尾、巨闕，再分散到期門，蜿蜒回到俞府，一一穩固她受創的肺脈。蘇離離原本不知道習武之人真氣的可貴，又覺得是他傷了自己，便受之無愧。

不知是那韓先生的苦藥見效，還是祁鳳翔的真氣有力，七天之後的她果然可以下地走動，只是右肋下數第二根肋骨，輕輕一碰，便隱隱作痛。肋骨確如祁鳳翔所說，行動坐臥都很少受力，倒也不太辛苦。

半月之後她就有些坐不住了，這天太陽一出，她吃完午飯就在祁鳳翔的大帳四周溜達。遠樹含煙，山川縈霧，地上有淡黃的小野花點綴在草叢間。一季花期已過，蝶倦蜂愁，大多棲身斂翅，停在草尖上。

蘇離離見一隻小巧的粉白蝴蝶收著翅膀，停在木柵上，一時興起，伸出兩指，慢慢靠攏去拈牠。還隔著數寸距離時，那蝴蝶抖一抖觸鬚，翩翩飛走了。蘇離離也不追捕，反站住，望著牠微笑。

忽聽祁鳳翔的聲音道：「妳捉牠做什麼？惹著妳了？」

蘇離離懶懶地打一個哈欠，「沒惹我，就是想捉來玩。」回身見他束袖長靴，原本是英雄中人，卻偏有一種閒散出世的態度，兩種特質出奇融洽，別有韻意。

祁鳳翔淡淡一笑，「這裡的鄉人說，從這谷口入山兩里有一棵大樟樹，已生長千年有餘。是這一方的地神。我去看過，路也還好走。妳既這般無聊，不如帶妳去看看。」

蘇離離一聽有大樹木，欣然應允，跟著祁鳳翔慢慢沿著山間小道行去。一路只聞空山梵唄，萬籟無聲，二人有一句沒一句的竟把兩里多的路走了小半個時辰，轉過一縷飛瀑，遠遠看見粗壯的樹幹立在一塊闊地上。那棵樹原本很高，因為主幹太粗，遠看卻顯得低矮。枝條蚪曲伸展，宛若游龍，形如傘蓋，氣韻舒張，令人見之忘俗。行至樹下，祁鳳翔拉她站住道：「我曾令手下兵士合抱這樹幹，十一人手拉著手才能抱一圍。」

大樟樹像知道有人讚它，婷婷綠蔭撐得如一座大房子的頂蓋，從樹梢到樹根都是怡悅氣息。蘇離離非常驚異，半晌嘆道：「這麼大的樹，都可以改成好幾塊的九寸厚整板棺材了。」

祁鳳翔的唇角有些抽搐，默然片刻道：「妳要是想用它做棺材，我替妳砍了就是。」

林間許是有風吹過，大樟樹的枝條彷彿抖了一抖，天空也陰沉下來。

蘇離離走得疲乏，鬆肩垂頸，「你還是饒了它吧，人家長這麼多年也不容易。」

祁鳳翔伸臂將她攬在懷裡，讓她的後背靠上自己的胸口，暫且休息。蘇離離有些僵硬，卻由他攬著。半晌，祁鳳翔道：「妳怕我？」

蘇離離老實道：「有點。」

他柔聲道：「不用怕，我不會害妳。」

就算要害她，她也跑不了啊。蘇離離放鬆了些，倚在他胸口。祁鳳翔嗅著她的髮絲，低頭時，唇瓣觸了觸她的耳郭。蘇離離側開頭，默不作聲。

一時間兩人都沉默了，只覺林間的風習習吹過，拂在面上，柔軟清涼，心緒迷茫。蘇離離輕聲道：「陳北光和方書晴死在一起，不如把他們一起葬了吧。」

祁鳳翔把下巴抵在她的頭髮上，觸感柔軟而糾纏，口氣淡漠冷凝，「那有什麼值得羨慕的？兵敗身死，一事無成，葬便葬了吧。」

蘇離離低低地「嗯」了一聲。

祁鳳翔的聲音裡忽帶幾分笑意，道：「我記得遇見妳時，妳在定陵墓地隨口誆我，說什麼但得一人心，白首不相離，便是煙火紅塵的真意。當真是這個心思？」

蘇離離不答。

祁鳳翔握住她的手，手指順著她的指骨慢慢地一根根梳理，似在沉思，卻也不再說話。

有些話，誰也不願先說，彷彿誰先出口誰便落敗。人於情感之中便如螻蟻般渺小，彼此伸出觸鬚稍一試探，心下明了。

蘇離離忽然笑了一笑，道：「你那時都看出來了吧？心裡一定笑我蠢得離譜。」

祁鳳翔也笑，「不算太離譜，勉強算是可愛吧。」鬆開她的身子，走到大樟樹身邊，手撫樹身道，「這棵樹歷經千年，看過盛衰興亡，應比我通達，我且對它許個願吧。願它的神力，助我達成。」

說著，斂容正色，心下默祝道：「生年當蕩平天下，掃靖宇[24]內，築享升平。」

蘇離離興致忽起，道：「那我也許一個吧。」想了半日，彷彿無所求，心裡默念：「樹神啊樹神，讓我今生有吃有喝，無病無災，棺材賣得多，銀子全進帳。」想了一想，覺得太俗了，又道，「有生之年，平淡生涯；燕侶鶯儔，白髮蒼顏。」

祁鳳翔見她正襟凝神的樣子，失笑道：「妳莫不是在求棺材鋪財源廣進吧？」

蘇離離猛然睜開眼，「你怎麼知道？呃，不止，還有逢凶化吉，遇難成祥！」

他溺愛地摸摸她的頭髮，「妳也太貪心了。前時讓妳做兩具棺材，正好能用了，『寡決匹夫』就是陳北光。」

蘇離離也不避諱，直言道：「我猜那『貪婪小人』定是蕭節。」

---

24 靖宇：平定天下。

祁鳳翔點頭微笑。蘇離離涎臉笑道：「豫南前府臺大人傅其彰的六小姐，美名播於天下，都說是神仙中人。等你打下豫南，不妨娶回家去，輕舒繡帳，拂展牙床，以慰征塵勞苦。」說到最後一句，自己先笑得彎起腰。

祁鳳翔大笑，卻佯怒道：「真是沒羞沒臊，越發什麼話都說出來了。」

兩人說笑著往回走。待他們身影走遠，寂靜的山林間，一棵小樹苗枝條微晃，樹幹裡發出一個清亮稚嫩的嗓音，「老大，那個帥哥走了。」

大樟樹粗大的樹腔裡低沉道：「唔……」

小樹苗道：「您剛才為何發抖？」

老樟樹的聲音滿是洞察世故的精練，「他可不是一般人，鬼神尚且敬而遠之，何況我們樹精。」

「他們許的願能成嗎？」

「嗯……能成。」

小樹苗年輕，定力不足，興奮了，樹枝亂顫，「啊……那您看他們倆能成嗎？」

「唔……」老樟樹沉吟片刻，枝葉呼吸吐納，盡得玄門精妙，宏大悠遠的聲音響徹法界道，「淡——定——」樹林之中遠遠望去，頓時升騰起一片祥和瑞氣，仙姿婀婀。

世上千年，不過一瞬。

捌・轉身隔汀洲

祁鳳翔與蘇離離原路返回，視野開闊，道路平坦。路邊的大石上盤膝坐著一人，蘇離離一見，愣了。那人穿著一身蓑衣，旁邊放著斗笠，頭臉輪廓堅毅，此時見他們過來，望著他們微微一笑道：「祁三公子，久違了。」

蘇離離只覺這人十分眼熟，猛然之間想起，這不是在桃葉渡上騙他們到睢園的虬髯漢子嗎？如今他把滿臉的鬍子剃了，倒顯得文氣了些。蘇離離往祁鳳翔身邊一躲，驚道：「王猛！」

祁鳳翔落落大方地牽著她的手道：「他不叫王猛。我沒猜錯的話，他叫歐陽覃。」

那人哈哈一笑，躍下大石，下拜道：「在下歐陽覃，前日唐突公子，還望公子見諒。」

祁鳳翔道：「你並不唐突，正是扮得極好，騙過了我。只是我不明白，趙無妨怎會住在你的睢園？」

歐陽覃黯然道：「公子既猜出我是睢園主人，想必也能知道其中端倪。我本閒居睢園，陳北光幾次派人召我，都推辭未去。去年十一月，趙無妨不知從何處來，攜著那女子到我園中拜訪。言語之間可見其心思機變，手段狠戾，我便不太願意結交。」

「過了一日，他於夤夜孤身入園，說要借我的睢園一用。我自然不允，兩下裡動起手來。我不是他的對手，竟被他趕出去。我那幾個僕從都被他所殺。我受了傷，在太平府輾轉幾日，未有計策，便易容渡江想到京城尋一朋友。恰巧在桃葉渡遇見公子。

「我在幽州時，隨朋友入祁大帥幕府經筵，見過公子一面。在桃葉渡時，便想將你引到睢園，去對付趙無妨。最好你們兩人爭鬥，我好從中取利……」他神色微赧。

祁鳳翔點頭笑道：「歐陽兄直陳其事，正是磊落君子。」

歐陽覃繼續道，「後來你們都不願交手，我便猜測，你們到冀北別有目的，大約都是為了對付陳北光，便一直在太平府等待，想看看情勢。成阜決戰的那夜裡，我從太平府趕去，途中經過一山居茅棚，竟見趙無妨擒著這位姑娘在說話。」他指了指蘇離離。

「言談良久，趙無妨動手打了這位姑娘，之後又以言辭猥褻，似有不軌之舉。」

祁鳳翔輕飄飄地問：「還有這事？」

蘇離離低了低頭，「嗯」了一聲，「是歐陽先生從樹上跳下來，趙無妨和他動手，把這件事岔過去了。」

祁鳳翔的眼神沉了一沉，轉看向歐陽覃。

歐陽覃擺手道：「我打不過他，也怕他認出我來。只嚇嚇他，讓他不敢妄動罷了。只是姑娘跟他說的那些話大是不妥，若他傳揚出去，只怕你的性命也保不住。」

祁鳳翔問：「什麼話？」

蘇離離霎時臉都綠了，一拉祁鳳翔的袖子，見他回頭看來，又連忙鬆開，急促道：「你……你聽了不要生氣。我當時被他所逼，說謊騙他，他其實也知道我說謊的……」

祁鳳翔眼睛一瞇，淡淡打斷道：「到底是什麼話？」

蘇離離見避不過，心一橫，「他知道我是誰，我說……」她看了歐陽覃一眼，繼續道，「我說那個什麼已經在你手裡，鑰匙在時繹之那裡。他當然沒信，說你肯定會殺了我的，於是打了我兩巴掌……又說我生得不錯，你對我那個……然後……歐陽先生就跳出來了。」

祁鳳翔一聽，臉色未變，氣質卻深沉了。不再看她，轉頭對歐陽覃道：「歐陽兄在這裡等，就為了說這個？」

歐陽覃正色道：「我不是想用這點事要脅你。昔日陳北光召我，我不肯前去，蓋因陳北光好謀寡決，不足成事。這些日子觀察良久，祁公子仗義禮賢，謀略出奇，正是亂世之主，覃折服之人。」

祁鳳翔並不應允，反淡淡道：「我可以引薦你給父王，你素有名望，定能博個功名。」

歐陽覃勃然變色道：「我若是為功名又何必找你？你不信我，那便當我沒說吧。」說罷，轉身就走。

祁鳳翔見他轉身，緩緩道：「歐陽兄有心助我，我卻之不恭。」

回到營裡，祁鳳翔正眼也不瞧蘇離離，逕自將歐陽覃引去見各級將領，相談甚歡。蘇離離在大帳內悶坐到要睡著時，祁鳳翔進來了。他撩衣一坐道：「把手給我。」

蘇離離老實地把手伸去，兩股真氣緩緩從太淵突入，匯於膻中。她心思不定，也不能跟著他的真氣意想，躊躇片刻，小聲問：「你會不會殺我？」

祁鳳翔真氣驟然一亂，在她氣脈中一竄，蘇離離「哎」的一聲，祁鳳翔瞬間甩開手，怒道：「妳怎麼天天就琢磨著我要殺妳？我要殺妳的話，讓妳躺那城門外就完了，費這麼大勁救妳做什麼？」

蘇離離低眉辯道：「我只是害怕。倘若趙無妨真那樣傳言出去，你的父親兄長必定會問你，你為自保，難免不會殺我滅口。」

祁鳳翔冷笑道：「原來妳也知道。要真有個萬一，也是活該。自己把生死看開些吧！」說罷，一摔帳簾走出去了。

那晚，蘇離離睡得極不踏實，夢裡有許多人來往奔逃，都看不清面目。夢境虛浮而淺淡，雜亂無章，彷彿於寂靜中有根針掉在地上的聲音，細弱的金石相撞聲直透心裡，她猛然醒轉，正是下半夜寅初時刻。

蘇離離的頭臉都是細汗，慢慢爬起來就著盆裡的熱水洗了把臉，靜坐片刻，卻不想睡了。慢慢穿起衣服，忽聽有十分輕微的腳步聲從帳邊走過。她也不點燈，踱到帳門邊，將帳簾揭起一道細縫向外看去。

有三人從前面弓身躡腳而過，摸向祁鳳翔的大帳。不遠處也有人影晃動。蘇離離心裡納悶：這是做什麼？見那幾人將某種東西沿著大帳潑了一周，蘇離離猛然想到他們是要放火，便一把掀開帳簾，喊道：「喂，你們在幹什麼！」

那幾人頓時望向她，瞬息之間，白光一閃，竟是劍刃劃過，一人已被斬殺。歐陽覃仗劍縱身向前與諸人鬥在一處。在剩下的幾人之中，有人吹燃火折，就地一扔，祁鳳翔的大帳頓時燒起。

那幾人大叫：「火起，火起！」

立時，營中四處都起了火。

歐陽覃望向蘇離離喊道：「還不快跑！」

蘇離離轉身往帳後跑去，不知是不是因為黑夜看不清路，她竟找對了方向，衝出大營，一腳坐到草叢裡，便見前面四營皆亂，火光衝天，人影紛雜，分不清誰是誰。盞茶時間裡，蘇離離似過了千萬年。

火光之中，十餘騎殺了出來，漸漸走近時，她看見為首那人像是祁鳳翔。因為不那麼確定，她也不敢輕舉妄動。那人策馬逡巡，四面瞭望，對著曠野喊了一聲。蘇離離當即大叫：「這裡。」

祁鳳翔縱馬過來，臉色嚴峻，伸手給她。蘇離離踩了馬鐙坐到他馬上，低聲道：「你怎麼知道我在這裡？」

祁鳳翔略一回神，也低低道：「嗯？不知道，感覺吧。」隨即將馬韁一拉，馬兒也穩穩地跑出去。

蘇離離覺得他氣息不勻，不同以往的沉默。約行了一炷香時間，前方一帶波光，又到江邊，岸沿泊著一艘小船。祁鳳翔直將馬停在岸邊平地，抵在她耳邊道：「這是渭水上游，妳跟著應文過去，我讓他送妳回家。」

蘇離離聽他呼吸沉重，側過身目光一瞥，一支折斷的箭桿隱沒在他胸腹的衣料裡。蘇離離一把攀住他的臂膀，看著那箭頭顯然就刺在他身體裡。祁鳳翔見她看著那斷桿，竟笑得溫柔，「我這報應來得快吧。」

蘇離離死死抓住他的手臂，「這個怎麼弄出來？」

「現在拔不得，我還有事。」

蘇離離急切地看著他映著波光的雙眼，有些浮動的光彩在流溢，平靜坦然而不失堅決。她霎時有些脆弱，哀柔道：「我們一起走吧。」

祁鳳翔搖頭，「我不能走。你們去吧，應文照看著她。」蘇離離轉頭，見應文站在舢舨上。她有些惶然地回頭看著祁鳳翔，只覺變故倏忽，眉目中百感雜陳。

祁鳳翔凝視她的眼睛，似受了蠱惑，低頭輕輕一吻落在蘇離離的眉心，溫柔的觸感繚繞著他的氣息，轉瞬疏離，某種東西像山間流嵐在心底氤氳而起。

他低低道：「去吧。」說著，鬆開她的腰肢將她扶下馬。蘇離離滑下馬背，仍仰頭看著他英挺的輪廓映在夜色裡。祁鳳翔卻不再看她，對應文道：「帶她回去，你到徽豐等我。」

應文點頭道：「你回太平一定要小心。」

祁鳳翔短促地答道：「我知道。」韁繩一扯，轉身便走，毫不流連。

蘇離離看著他的背影沒入暗夜，被應文一把拉上舢舨，進了船艙，叫艄公開船。蘇離離自舷窗邊望去，江岸漸遠，流水襯著對岸的熊熊火焰。整個營地已燒了起來，江上的浮波將火色帶得愈加變幻。蘇離離終於可以回家了，心裡卻有些難過。

回頭見應文坐在對面，眉頭微鎖，似有隱憂，她問：「怎麼回事？」

應文道：「有叛軍。」

「陳北光的舊部？」

應文躊躇片刻，喟嘆道：「只怕是大公子的人。祁兄此番功勞太高了，有人坐不住了。」

蘇離離不好再說什麼，回頭看著逐漸寬闊的水面，只覺人如逝水，永遠不知會流向何處，不知會有怎樣的聚散離合。

天明時分上岸換馬。蘇離離的舊傷不曾痊癒，行得甚慢，到京城時，已是十天之後。

暮色中踏入城門，應文徑直用車將她送到如意坊後門，遞過一個盒子，道：「妳家現在安全的，且待一段時間。我要在城門下鑰之前出城，不跟妳多說了。萬事小心。」

待他去遠，蘇離離慢慢轉到正街大門口。蘇記棺材鋪，恍若隔世。她伸手輕觸門上「有事暫離」那幾個大字，當日祁鳳翔嘲笑她的情形歷歷在目，這一去竟是半年才回來。她忽然有些急促，連忙跑到後角門，開門進到內院。

窗櫺上積著浮塵，那張字條還釘在柱上，讓風吹得飄飛，洇著雨水打溼的痕跡。沒做完的棺材還是她離開時的樣子，房間裡的被褥整齊，桌案蒙塵。

沒有人回來。蘇離離慢慢扶著柱子坐到簷階下，肋骨隱隱作痛。她坐了半天，伸手打開應文給她的盒子。

應文辦事素來有條不紊，遇亂不慌。此時天色已晚，蘇離離無處吃飯，盒裡整齊地裝著各色小巧的點心。另有一張百兩銀票，聚豐錢莊，見票即兌。

蘇離離笑得有些勉強，自語道：「陳北光和蕭節的棺材才值一百兩嗎？」

她信手拈起一塊冬瓜酥，慢慢抿著，天也漸漸黑盡了。

第二天一早，蘇離離潑水掃院，開門營業。京城在祁氏治下，已恢復些元氣，不似去年鮑輝篡政時的慘狀。但錢莊的生意已在戰亂中被掠奪一空，她查了查自己舊年積蓄的銀子，只提得出小半。便將錢提出來，把應文那一百兩銀子也兌了，到城裡的木料場上買了些散料，讓人拉回家。又去往日做工的小工那裡看了看，有兩人還在，定了工錢，讓他們後日起仍在每天上午來做工。

只要有棺材做，這世上就沒什麼過不去的事。祁鳳翔曾笑話說，就她那頭腦，竟然做了這麼多年的生意還沒被人賣了。然而一沾到做棺材，蘇離離就覺得自己無比精明、無比嫻熟。世上有很多事她都沒法把握，唯有這件事是她可以指掌，且能做得很好的。

十日後的京城有了最新消息，祁三公子自太平府移師，直指豫南蕭節，在徽豐大破其先鋒，正圍追餘部。蘇離離看榜時，四眾紛紛喟嘆，大讚祁三公子英武非凡。

她笑笑，抱著一罐刷棺材板的光漆回家去。

轉眼又到七月，初七這天，蘇離離想來想去，決定去給程叔上墳。

這日風和日麗，蘇離離提了個籃子，裝上紙燭，去黃楊崗上祭了一祭。祭罷也不願多待傷情，信步在城西郊外逛著。她遠遠看見小山岡上，依山傍樹處有一角房屋屋簷，驀然記起那是木頭與祁鳳翔見面定約的棲雲寺。

一念至此，再也止不住心緒，便慢慢走過去。一路走著，心情頗不平靜。木頭當初走在這條路上，必是與她看著同樣的山川草木，心裡卻想著怎樣令祁鳳翔不再為難她。

她從一條蔥郁的青石便道，直走到寺門石階前。棲雲寺建寺多年，也衰敗多年，遠不及城東大佛寺香火興盛，建址宏大。那寺門木梁上題著的匾額似搖搖欲墜，兩旁的立柱仍刻著對聯曰：『古殿無燈憑月照，山門不鎖待雲封。』文意入眼已是淒清空寂。

蘇離離默默走上石階，迎面是接引殿，四大金剛倒了兩個。穿過天井有些凹凸的青石板地，便到了正殿。前面供奉之具還算整齊，地上排放著三個蒲團。蘇離離仰頭看去，釋迦牟尼像莊嚴慈善，斑駁的佛身似渡盡滄桑。

她歷來不怎麼信鬼神，此時卻禁不住，屈膝跪在當中的蒲團上，合掌如蓮，暗祈道：「釋尊，佛經上說您是世間最有智慧的人。我有許多煩惱，不敢求解脫。但有一個人，我不知他姓名，我叫他木頭，求您保佑他，無論他在哪裡，令他平安歡喜。」

這一刻心意虔誠，卻是從未有的篤定。她默默跪坐在蒲團上，發愣良久，幽幽一嘆，側轉身要起來，眼角餘光卻瞥見那正殿屋角，經幡掩映下坐著一個年輕的光頭，穿著身舊布僧衣，神色恬然地望著她。蘇離離驚叫一聲跌在蒲團上，道：「你……你是人是鬼？」

光頭生得一張俊俏的臉龐，不及應文的秀色，卻有竹林賢聚的清雅風致。他合掌，掌上掛著一串龍眼大的菩提珠，溫言道：「施主太過虔誠，不曾發現貧僧坐在這裡，貧僧也不敢驚擾施主。」

「你是個和尚？」蘇離離大驚。

「正是。」

蘇離離想說：你長這麼英俊怎做了和尚？再一思忖，此話頗無道理，生生咽下。

俊和尚卻不以為意，道：「施主在求什麼解？」

「一些世俗煩惱。」

俊和尚「哦」了一聲，「三千眾生，各有業障。」

蘇離離索性坐上了蒲團，抱著膝蓋道：「這位師傅，你既是和尚，讀過不少佛經吧？」

「貧僧修過《佛說四十二章經》。」

「那記得什麼精要的話嗎？」

「佛言，『愛欲於人，猶如執炬，逆風而行，必有燒手之患』。」

蘇離離默然片刻，蹙眉道：「那人為什麼要逆風而行，不會順風而行嗎？」

俊和尚點頭道：「不錯，順風而行能心明眼亮，照耀眾生。」

蘇離離本就生了些小聰明，自小由葉知秋親自教書識字，雖則八歲失怙，但底蘊已成。她無事時也看些雜書，記得些典故，便問：「師傅，六祖慧能曾指經幡說，不是風動、不是旗動，仁者心動。那人應誠於心，還是順於物呢？」

俊和尚道：「誠於己心。」

「那風是心還是物？」

「是物。」

蘇離離點點頭，「那若是己心想要持燭向前，恰好遇著逆風，莫非就不誠於己心而轉身往回走？」

俊和尚被她問得一愣，躊躇片刻，遲疑道：「貧僧以為此時若誠於心則會燒手，若順於物則失去自己所求。固然該坦誠面對心意，也不該執著。依貧僧之見，此時應該轉身離開。」

蘇離離沉吟道：「轉身離開……」

俊和尚眼露了然，目光灼灼，「施主莫非心有所戀，又怕燒手，故而心意彷徨？」

「啊？你……你胡說八道些什麼！」蘇離離大驚。

俊和尚怪道：「那施主怎會糾纏誠於心還是順於物？必是此人有些不可親近的緣故。」

蘇離離有些尷尬，站起來怒道：「你一個和尚怎麼這樣說話！」

俊和尚也不怒，施施然道：「貧僧道行尚淺，說話還不夠機鋒，施主不必動怒。」

蘇離離理了理衣裾，沒好氣道：「那你還做什麼和尚，不如還俗。」

他徐徐抬手指點大殿，「這也有理，只是寺廟都荒蕪至此，我想化緣將它修葺一新再想還俗之事。」

蘇離離抬頭四面一看，道：「這主殿的木料不錯，梁柱都是百年難遇的良材，要修也是容易的事。寺門的對聯清淨空明，時逢亂世，這寺廟也不必像大佛寺的恢宏，簡潔雅致就是。」

俊和尚微微揚眉道：「施主還知道怎樣建房子？」

蘇離離道：「正是。其實世間萬物觸類旁通，精通一件，便能想明白其他的事。且不說建房，就比如說棺材，在興盛的時局下，人們有了錢，死後的追求也比較高，棺材就有許多樣式。比如線雕的，浮雕的，盤螭金銀漆，百壽連字，松鶴延年，還有方頭、圓頭、凹板和凸板之分。」

「倘若遇到亂世，人命如草芥，活只要溫飽，死只要有盛殮，在款式、尺寸、花色、做工上就沒這麼多要求。這個時期就有很多清棺，式樣轉向古樸凝重。漆色大多為黑，飾紋簡潔，且外形趨向方正。」她頓一頓，忍不住解釋，「因為方正的板料易於打製，方便快捷……」

俊和尚聽得瞠目結舌，臉上肌肉有些抽，好不容易打斷她道：「施主，天將正午，貧僧正要去化點齋飯。佛門誡訓，過午不食。」

蘇離離有些意猶未盡，「哦，哦，那師傅請自便，不知道師傅的法號是什麼？」

「十方。」

「十方？」

他的眸光高深莫測，「虛空界十方乃施主平日所知的八方，再加上、下兩方，共稱十方。佛在十方世界，無所不知，無所不曉。」他端起托缽，不再理會蘇離離，起身而去。

蘇離離站在他身後，禁不住想，若是祁鳳翔聽了她這番棺材流行趨勢論會作何反應？他必會笑著讚許或是嘲諷她說得好說得妙。她說的話，不論是無聊的，無知的，或是無畏的，祁鳳翔總會耐心聽完，再悉加指教。

她提起籃子，也走出寺門，站在石階上時，見一輛藍布馬車停在便道盡頭。

車上的竹簾微微掀開，一隻白玉般的手戴著個金鐲子，將一個紙卷樣的東西放在十方的托缽裡。十方合掌念一聲佛，轉身走了。

車簾遮掩下，那施物的女子杏眼桃腮，側臉半露。她忽一仰頭，看見了蘇離離，神色陡然一沉，「唰」地放下簾子。蘇離離已看清她的面目，大聲道：「言歡姐姐！」幾步跑下石階，馬車正要走，她一把拉住車窗。車裡的人拍拍廂壁，趕車人停下。那熟悉的聲音冷淡道：「讓她進來，你下去。」

趕車人跳下來，打開車門，退到一邊。蘇離離慢慢走到車門口，言歡端坐車中，近一年不見，她愈加豔若桃李，冷若冰霜。蘇離離也不上去，心中暗思，自己在渭水舟中問過祁鳳翔是否已殺了言歡，祁鳳翔當時並未否認。她一直以為言歡死了，然而現在的她在做什麼？

「妳過得好不好？」蘇離離生澀地問。

言歡勉強開口道：「我很好。」

「妳是……在哪裡？」

言歡似有些倦怠，漠然道：「我在明月樓。」

蘇離離道：「祁鳳翔把妳留在那裡？」

言歡眉頭緊皺，語調有些厭惡，「妳怎麼還這麼幼稚，我跟他並沒有什麼關係。我願意在哪裡，是我自己的主意。」她忽然撩了裙襬，在低矮的車廂裡傾身向前，扶著側椅單膝蹲到車門前，湊近蘇離離道，「偏他怎麼就不殺妳呢？妳竟然還能站在這裡。」

蘇離離臉色雪白，輕聲道：「姐姐想要我死？」

言歡被她一問，愣了一下，注視蘇離離的面龐，臉上有些許動容，默然片刻道：「我不想妳死，妳也別再惦記我。我現在是明月樓的老闆，我的事我自己會照理。今後妳我若是再見，就當不認識。」她說到「不認識」三字時，猝然住口，看了蘇離離一眼，將車門拉起。

蘇離離望望車門，語調淡漠而輕散道：「既然如此，姐姐保重吧。」轉身讓到青石便道上。馬車掉頭從她身邊駛過，她定定站住，望著馬車絕塵而去，回頭看了看棲雲寺的匾額，神色冷凝起來。

又過了十餘日，祁鳳翔大破蕭節，占據豫南，將北方三地初列成形，奠定祁氏大業之基。於是京城的玉屏山上隱淵潭中，白日現河圖；城門外淺草原上，夜有優曇婆羅花開於樹叢，色如焰火，直映長空。見者言之鑿鑿，聽者讚嘆喟然。

一時間種種祥瑞之兆遍布京城，便有傳言四起，說堯以賢繼舜，而華夏興，今天象應於時勢，祥瑞著於世間，正是平原王祁煥臣當受大位之兆。太史令上奏天有異象，願吾皇順天應人。

小皇帝尚未批覆，祁煥臣先將那太史令飭出京畿，稱自己忠心不二，絕無舜禹繼代之心。小皇帝嘉其忠義，更進王爵，勤加賞賜，內外之事悉由專斷，更讓各地立碑述表，無論鴻儒白丁，都要知道祁煥臣的社稷之功。

蘇離離看了那皇榜後回到家，四顧無人時望瞭望天，還是該藍的藍，該白的白，也沒見有火鳳凰飛過去，嘆一聲：「不就是想稱帝嘛，搞這麼多名堂做什麼。」想祁鳳翔曾尋《天子策》，可見也是有心之人，這次大勝必是高興的。不知為何，她也有點高興。

祁鳳翔於深夜回京，不驚一人。次日出朝，京中官民才知他回京來了。百姓們很是讚頌了幾天，便又有一個消息甚囂塵上——這位用兵如神的祁三公子要成親了，娶的就是豔動天下的豫南傅家六小姐，英雄美人，珠聯璧合。

蘇離離乍聽之下詫異，這不是她當初對祁鳳翔開的玩笑嗎？怎麼成真了？再想之下，頓時明了。傅家乃豫南大族，素有名望，門客布於天下。人如祁鳳翔者，豈會為美色、感情而左右言行，他要娶傅家的女兒，無非為了要她身家世族的支持。

道理容易明白，卻讓蘇離離氣憤難平。究竟憤怒什麼，她也說不上來，大約覺得祁鳳翔是個王八蛋，把她抱也抱了，親也親了，現在好像清風明月兩不相干了。若她見著祁鳳翔，必定要……要怎樣呢？嗯，要正眼也不瞧他，再也不跟他說一句話！

然而祁鳳翔不給她這個表達憤怒的機會，回京半月，連個面都沒露，徑直把傅家小姐娶回家了。倒是應文來過一趟，送來很多上好的木料。蘇離離心知這是當初離京時，祁鳳翔允諾她的，她從不跟錢財過不去，不收白不收。

回頭獨自在家把一塊上好的木料當作祁鳳翔，劈成了一百零八塊。頓覺神清氣爽，胸中鬱結盡消。自己犯得著冒火嗎？蘇離離是一個有追求、有覺悟、不世俗的人，不應立志在嫁人生子，更不是嫁祁鳳翔這種爛人。至於渭水分別時被吻了一下，就當是被狗咬了吧！

這種豪邁不過充斥了盞茶時分，蘇離離的激動漸漸像沸騰的水失去柴火，慢慢蔫下。不免自怨自艾，自己既無姿色，也無身家。為什麼同樣是人，別人就好命許多？自己遇見的人不是石沉大海，就是虛情假意！

一天應文路過如意坊，順便來看看她。蘇離離一本正經道：「應公子，你成親沒有？看我怎麼樣，嫁你算不算高攀？」

應文「砰」一下絆在棺材板上，風度盡毀，捂著膝蓋連連擺手道：「不高攀，不高攀，實是太屈就了。」

蘇離離思忖半晌，緩緩點頭道：「我也覺著是。」

應文苦笑道：「蘇姑娘，這種玩笑開不得。」

一個月過去，蘇離離漸漸心平氣和了。

據說心靈受創能使人沉默專注，蘇記的棺材越發做得精巧絕倫，無人能比，生意倒好了起來。這天小工們休息不來，她拎著籃子出門買了點小菜和糕點零食。正往回走時，一陣急雨下來，蘇離離跑回家裡，淋得狼狽卻禁不住笑了。

她抬頭看了屋簷一眼，便見簷下站著個人，月白衣衫。她純粹的笑容隔著層層雨簾映入祁鳳翔眼裡，像年少時最散漫明媚的夢，輕易觸動他心底塵封已久的柔軟。蘇離離挽著褲角露出一段潔白的腳踝，沾著雨滴，像花圃裡的小把茉莉，讓人想捏在手裡。

她幾步跨到簷下，兩人咫尺而立。蘇離離設想過再見著祁鳳翔，一定要無恥地笑著說「恭喜你了」。此時她張了張嘴，卻愣住了。他的眼神專注，生死之際的真心誠意，讓她一望便有了深陷的無力。

祁鳳翔先綻出一個萬分誠懇的笑容，道：「蘇老闆，最近在哪裡發財啊？」

蘇離離「哈哈」兩聲，換上一副奸商嘴臉，道：「祁公子，恭喜啊恭喜，沙場告捷，美人在懷。」

祁鳳翔收起假笑，溫言道：「這樣才對。方才那副樣子，我看著以為妳要哭了。」

蘇離離登時沉了臉，大怒道：「祁鳳翔，你以為老娘好欺負嗎？」

祁鳳翔豎了豎手指示意她小聲些，忍著笑意道：「我知道妳不好欺負。不管是妳欺負我，還是我欺負妳，在大街上都不好看。」

蘇離離乾瞪眼，開門進到屋裡，也不跟他客氣，一邊拍著身上的水，一邊沒好氣道：「你站在外面做什麼？」

祁鳳翔也不客氣，挑了把椅子坐下，打量她鋪子大堂裡的六口黑漆棺材，淡淡道：「進來看了，妳不在，我只好出去外面等妳。」

蘇離離「啪」的一聲把擦頭髮的巾帕摔在棺材蓋上，這人還真把她家當菜市場了。欲要打人，可是打不過他；欲要罵街，又顯得太沒教養；欲要冷言冷語，他正是個中翹楚。一時咬牙切齒，束手無策。

祁鳳翔收起笑，正色道：「好了，是我不好，下次一定挑妳在的時候來。身上的傷好了嗎？」

蘇離離怒極反笑，「祁三公子的箭傷都好得能洞房了，我怎會沒好？」說完有些後悔，自己實在沒必要這樣說話。

祁鳳翔卻只笑了笑，有些冷淡，既不反駁，也不嘲笑，輕聲道：「這便好。在這種下雨天還是多穿一件才是，若是受涼，今後會落下毛病。」

蘇離離的心情萬千寥落翻覆，沉默不語。祁鳳翔也不延續那個話題，微撫在花梨小桌上，直視她的眼睛道：「有件事想請妳幫個忙。」

蘇離離靠著一具棺材，手扶棺沿，「我沒什麼可幫你的，你要棺材那就談買賣。」

「妳還記得于飛吧？」

蘇離離微微皺眉，「記得，張師傅帶到我家的那個孩子。」

祁鳳翔點頭道：「正是。他就是戾帝的小兒子，現在的皇上。我想請妳跟他談談。」

「談什麼？」

他微微瞇起眼睛，輕笑地看著她，「妳說呢？」

「禪位？」

祁鳳翔不置可否，卻道：「這孩子很有強勁，讓人拿他沒辦法。」

蘇離離冷笑道：「他也就是你們菜板上的肉，有什麼沒辦法的？」

祁鳳翔搖頭笑道：「他不肯接受此事，大家面子上都過不去啊。」

「成大事何需要面子？難道他親自捧著玉璽金印送給你爹，你爹就不算篡位？」

他握拳虛抵在唇上，忍不住發笑，「妳可真敢說啊。」頓一頓又道，「政治，就是明知道騙人，也要把過場演一演，讓它看起來符合道義。妳肯去勸他，對他也是好事；若是不肯，那就做他的棺材吧。」

蘇離離一驚，「你們要殺他？」

「實在沒法子的話，也只能找個假的來替他演這場戲，至於他本人自然是不能留的。」

蘇離離猛然想起一事，眉毛一豎，「棲雲寺是你的巢穴吧？你把言歡留下，是在做什麼勾當？」

祁鳳翔既不吃驚，也不藏私，反嗤笑道：「妳說話一定要這麼難聽嗎？棲雲寺是我的地方，十方掌管我手下一切線報。言歡自願為我做事，也就是在明月樓收集一些高官貴胄的小事情罷了。我看她還算聰明識時務，就留下她的性命。」

蘇離離聽他說到十方，不知他知不知道那番「逆風順風」的話。她側過頭去，有些被看穿似地逃避。祁鳳翔卻站起來道：「怎樣？妳願意見于飛，我午後就帶妳入宮。」

蘇離離想了半天，低聲道：「于飛若是肯禪位給你爹，就放過他，把他交給我吧。過兩年對外說他病亡便是。」

祁鳳翔認真考慮了一會兒，還是搖頭，「這個我說了不算。我現在也不方便在裡面動手腳，會引人猜疑。」見她帶著懇求的神色，又道：「只能盡力而為。」

蘇離離也不好再說什麼，擦了擦手，拎著菜往後面去。祁鳳翔道：「妳這是要做飯？」

「是啊。」

他興致又起，「妳在扶歸樓騙我一頓，要不也讓我在妳這裡蹭一頓吧。」

臨近中午，祁鳳翔在書房找了本書，翻了兩頁，也沒怎麼看。蘇離離在廚房把飯做得有條不紊，心裡卻有些莫名其妙的雜亂。午飯是紅燒豆腐、筍炒肉片、涼拌三絲和青菜湯，蒸了一籠清香鬆軟的米飯。

雖是簡單的家常風味，卻滿是人間煙火的平實與充足。祁鳳翔大讚她手藝好，末了問道：「妳怎麼還是吃得這麼少？」

蘇離離扒完小半碗飯，盛了湯放涼，「我吃飯一向都這樣。今天沾你的光，平日哪有心思弄這些，隨便填填就飽了。」

祁鳳翔忍不住笑道：「妳真是太好養活了。」

蘇離離也笑笑，「我爹會給我取這個名字，大概就是希望我野火燒不盡，春風吹又生吧。」

祁鳳翔聽了，但笑不語。

吃完飯後，蘇離離乘坐祈鳳翔的車，入禁宮東華門。祈鳳翔引她穿堂入室，直到北面一座大殿。進去時，兩邊的禁軍侍衛見是祈鳳翔，都不加阻攔詢問。殿內站滿隨侍，側面的榻上坐著個明黃的小小身影。

祈鳳翔負手而立，也不說話，也不行禮，抬手做了個手勢。殿上伺候的人會意，魚貫而出。大殿上登時空曠，于飛轉過頭來，辨了片刻，猛然站起來，上前幾步又站住了，遲疑道：「蘇姐姐？」

蘇離離斂衽後跪下，道：「民女蘇離離……」于飛已跑到她面前，一把拉住道：「蘇姐姐，妳怎麼來了？」蘇離離抬頭，覺得他比去年還要高了不少，只是眉色間有些陰鬱，便由他拉著自己的手臂，微微笑著，也不說話。

于飛的眼眶一紅，也跪下了，一把抱住蘇離離。蘇離離輕扯他，柔聲道：「快起來，這樣子讓人笑話。」兩人互相拉著站起來，祈鳳翔冷眼旁觀，似笑非笑。于飛也不看他，徑直拉著蘇離離走到坐榻邊。榻上的棋枰擺著些散亂的棋子。

于飛拂開棋子，讓蘇離離坐下，道：「蘇姐姐來看我？」

蘇離離直言道：「我是想來看你，也是受人之託來勸你。」

于飛聞言變色，想要說什麼，忽然瞪了祁鳳翔一眼，「你能不能出去？」

祁鳳翔掛著一個淺淡的笑容，優雅地搖了搖頭。

蘇離離輕輕一嘆，「別把他當人就好了。」

于飛看了祁鳳翔一眼，低頭沉默半晌，道：「蘇姐姐，我知道這個位子本來就不是我的，我也從來不貪圖這個。但我畢竟是皇家的血脈，我禪位於祁煥臣，青史之上，這江山就葬送在我手裡了。於國於家，我不能這樣做。」他搖頭，「死也不能。妳不要勸了。」

蘇離離默然片刻，「我知道你這樣想是對的。但青史並不因為你禪位就認為你是亡國之人。歷史都是任人評說的。姐姐小的時候，曾以為親人死去很苦，以為被人逼迫追殺很苦，以為成天東躲西藏很苦，唯願自己不是自己。」

她笑一笑，「後來才發現，這些其實都不算什麼，有時候是與非也不是我想的那樣。」又頓了片刻，才道，「于飛，你今天坐在這裡，穿著這五爪團龍服，也不必執著於自己就是自己。名譽地位是很高，但人的一生也很廣闊。你成全不了家國，就成全你自己吧。」

于飛微垂著頭，似在沉思。

祁鳳翔一副高深的表情，卻看著蘇離離，眼神深沉莫測。

蘇離離坐了一會兒，笑道：「這個我也沒什麼好說的了，皇上自己斟酌吧。」她從榻上拈一枚黑子，對光照了照，棋子透著墨綠的微光，「這是滇緬[25]的墨玉，石中極品。皇上不嫌我笨，不如我們來下棋吧。」

幾盤棋，蘇離離輸得一塌糊塗，快到掌燈時分，才與祁鳳翔從大殿裡出來。于飛恢復了往日神采，看了祁鳳翔一眼，淡淡道：「蘇姐姐有空的話，再來和我說話。」

出了大殿，坐到車上，蘇離離笑嘻嘻地小聲問：「你的腿站軟了沒？」

祁鳳翔好氣又好笑，「妳拉著他下棋，是在故意整我啊？」

他方才站在那殿上，既不上前，也不離開，目光總在蘇離離左右縈繞。蘇離離也明知他看著自己，心裡有些雀躍，像是希望他就這樣看著。兩人心照不宣。

她收起嬉笑的表情，肅容道：「我今天幫你，你能不能也幫我一個忙？」

「什麼忙？」

「保于飛不死。」

祁鳳翔看她嚴肅的表情中帶點緊張，心裡有種慨然湧動，雖思忖數個來回，仍是答應道：「好。」

三日後，小皇帝下詔禪位。祁煥臣三辭三讓，上表力謝，不允，便施施然從了。滿朝文

25 滇緬：越南、緬甸一帶。

武祭天禮地之後，于飛親手捧上玉璽金綬。祁煥臣黃袍加身，登上皇帝之位，加號改元，傳檄四方。

第二天，祁鳳翔上書議立長兄為皇儲。祁煥臣便立長子為太子，封三子祁鳳翔為親王，賜號銳。上京歌舞昇平，歡慶七日。

蘇離離毫不收斂，當著銳王殿下祁鳳翔的面嘲笑道：「皇帝陛下倒是登基了，可惜名諱還是個『臣』。」

祁鳳翔好整以暇地看著她往棺材上刷漆，輕笑道：「這話跟我說說就好，可別跟其他人說。」

祁鳳翔挺奇怪的，近日把兵權也交了。午後閒著沒事，常常跑到蘇記棺材鋪坐著，看蘇離離往棺材上刷漆作畫；有時到書房挑一本葉知秋的舊書翻著，就翻過了一下午，然後順理成章蹭晚飯。他還美其名曰給蘇離離改善伙食，免得她一個人吃飯總是應付了事。

蘇離離把木料來源交給他，全由祁鳳翔找人拉來，她只管做成棺材。既蒙他幫忙，無以為報，蘇離離便說：「人終有一死，我們相識一場，不如我送你一具棺材吧。」

祁鳳翔坐在她常坐的那張搖椅上喝白水，好整以暇道：「什麼樣的棺材呢？」

蘇離離跪在一口才剛釘好的楠木大棺上，用砂紙仔細打磨邊角凹紋，專心得無暇答話。頭髮隨便一束，有些散。纖長的身體折作兩折，勾勒成好看的弧線。

半天，她直起身，伸手摸著那光滑的花紋，滿意地跳下棺材蓋，道：「我去看看有什麼好木材。用素色推光漆畫，內襯七星隔板，美觀又實用，包你躺在裡面永垂不朽。」

祁鳳翔喟嘆道：「妳待我真是太慷慨了。」

蘇離離嘻嘻笑道：「那是。」

看她對棺材有著純然的喜愛，往往令他發笑又感慨。人世間少有純粹的東西能令人心怡，祁鳳翔淡淡笑道：「那可說定了啊。」

蘇離離點頭，「說定了。」

入冬天氣漸涼。臘月一到，年關將至。用蘇離離的話說就是，大過年的你還想打得人家不安穩。祁鳳翔搖頭道：「非也，非也。兵不厭詐，正是要在他最不想打的時候打他，才能事半功倍。」話雖如此，他到底也沒再出京，只是忙些了。也不知他在忙什麼，他們十天半個月才見著一面。

近日，蘇離離在木器店看見一種櫃子，接縫處不是平直的，而是咬合的榫齒。據那家店的老闆說，這種接縫可防浸水，但不易做得緊密，極講究木工。蘇離離的腦子來回轉了幾次，回家用散料試試，頓時意氣風發，要做新一代改良棺材。

這天用小木塊做出一個九塊的木榫，民間也叫孔明鎖，自己開解了兩次後覺得很有意思。自上次見過于飛，祁鳳翔給了她一塊權杖出入宮禁，便想拿去給于飛玩。

跟著那個認識的總管太監，轉過一個迴廊，走到于飛居住的館舍之後。平日這裡侍衛環立，今天卻一個人也沒有。總管太監精細，一看不對，拉住蘇離離道：「姑娘，今天還是別去了。」

蘇離離也覺出名堂，心下猶豫了一陣，搖頭道：「你回去吧，我過去看看。」

總管太監躊躇片刻道：「姑娘執意要去，可別說是我帶妳過來的。」言罷，逃之大吉。

蘇離離左右看看無人，慢慢走近門邊，就聽于飛叫道：「我不喝，這是什麼東西！你們要殺我！」屋子裡寂靜無聲，彷彿無人。蘇離離心裡一驚，靠在門邊，不知該怎麼辦才好。便聽另一人聲音溫和，語調從容，緩緩道：「王侯將相之家，生死變故本就倏匆，生不為歡，死不為懼，又何必留戀。」

他說得猶如林間賞花，月下撫琴，平仄頓挫款款道來。蘇離離只覺周身的血液瞬間凝固，轉身「哐噹」一下推開門。堂上的兩名侍衛架起于飛，見她推門都是一驚。而祁鳳翔輕衣緩帶，儀態優雅，背對她負手而立，仿若不聞。

于飛大叫道：「蘇姐姐，救我！」

蘇離離慢慢走上去，望著他激憤的神色，沉默片刻，才盡量沉穩地轉向祁鳳翔，平靜道：「你放過他好不好？」

祁鳳翔正眼也沒看她，對著堂上略一頷首，道：「餵他喝。」

于飛的眼中綻出絕望與驚恐，大力掙扎。蘇離離一急，扯著祁鳳翔的袍角，低身跪到地上，「他只是個孩子，我求你放過他吧！」

祁鳳翔驀然低頭看著她，眸光一冷，頰上的弧線咬出堅毅的輪廓，帶著一點嘲諷神色，抬頭看著堂上，彷彿不見她跪在地上哀求。

于飛大聲道：「蘇姐姐，妳不要相信他！」

話音未落定，已被一個侍衛緊緊捏住下顎，留下空洞的餘音在屋頂迴響。一名侍衛一手箍著于飛的身子，另一名侍衛則從案上端起那碗烏黑的藥汁，遞到他嘴邊。蘇離離驚叫道：「不要！」站起身來，手腕一緊，卻被祁鳳翔反剪了雙手牢牢捉住。

蘇離離用力掙扎，顧不上疼痛。他毫不猶豫將她橫起，捏著雙手箍在胸前。蘇離離身子懸空，使不上力，眼睜睜看著那個侍衛，把那碗藥強餵進于飛的嘴裡。于飛的身子委頓下去，伏在地上咳得厲害，彷彿要把臟腑咳出來似的，鮮血漸漸從鼻子和嘴巴流出，越來越多，染了一地，人也漸漸蜷縮起來，沒了氣息。

蘇離離彷彿隨著他的死去而抽空力氣，慢慢在祁鳳翔的手裡委頓下來，身體如柳條輕折在他臂彎裡。一個侍衛伸手探了一下于飛的鼻息道：「沒氣了。」祁鳳翔望著于飛沉默了一陣，方道：「你們出去吧。」

兩個侍衛遵命而去，待他們走遠，祁鳳翔一把挾起蘇離離走出館舍，隨手帶上門。

蘇離離扶著欄杆喘氣，聽他低聲嚴厲道：「妳跑來做什麼？還有誰知道妳過來？」

她緩了一陣，語調生疏而迅疾，道：「人人都知道我過來。我看見你殺了禪位之君，為避天下悠悠之口，你現在該殺我滅口！」

祁鳳翔頓了一頓，冷硬道：「不錯！」

蘇離離驟然抬起頭，「你答應過我的！」

祁鳳翔仰了仰頭，似思忖什麼事，遲疑道：「那便如何？」

她禁不住冷笑，「你們家坐在那皇位上，不會覺得不吉利嗎？」

他的目光聚焦到她臉上，終於有些惱火，「皇位是權力，從來都不吉利！」

蘇離離轉身就走，才走兩步，被他一把捉住。拖到館舍曲欄外，直接扔給太監總管，「怎麼帶進來的，就怎麼把她帶出去！」太監總管一看祁鳳翔的臉色，嚇得「砰」一聲跪到地上，未及說話，祁鳳翔轉身就走。蘇離離站著看他遠去。總管有些虛弱地直起身，一臉苦相道：「姑娘害死我了。」

蘇離離定定地看著他，想了半日，也只得苦笑道：「對不住。」

她回到棺材鋪時，兩個小工正在合力鋸一塊七寸厚板。蘇離離心情不佳，把他們打發走了，關門歇業。祁鳳翔原就說過于飛的事很難辦，倘若于飛被別人所殺，她還稍可釋懷。然而死在他的手裡，她的面前。蘇離離有些疲倦，什麼也不想，上床睡覺去了。

蒙頭直睡到晚飯時，她坐起來喝了點水，熱冷飯來吃，愣愣地在坐在院裡，摸著她的棺材。院子裡的棺材默默地陪著她，每當她看到它們，心裡就會變得平靜。許多年來都是如此，像強大的隱密力量之源支撐著她。某種意義上來說，蘇離離從無畏懼與猶豫，雖散漫而任性，卻絕非妥協與衝動。

直坐到天色暗下，她站起來走出門。沿著百福街，穿過西市，三曲閭巷後，長街正道邊正是祁鳳翔的府邸。蘇離離遠遠地站在大門外，向裡看去，庭院深深，煙鎖重樓。這裡面的祁鳳翔不是棺材鋪裡的祁鳳翔。他喜怒自抑，心思敏銳，從不以真意示人，她又怎能投以些微信任。

默立良久，邊門一開，祁鳳翔的隨扈祁泰一撩衣角出來，往西而去。蘇離離下意識地往後縮了縮，還是被他看見。祁泰疑道：「蘇姑娘，妳怎麼在這裡？」

蘇離離笑了笑，「沒什麼，剛好走到這裡。」

祁泰道：「妳要找主子嗎？」

蘇離離不答。

祁泰道：「我帶妳進去吧。」

蘇離離想了想，道：「好吧。」

一路跟著他走過重重院落，侍衛林立，卻靜得呼吸可聞，像是步步走在自己的心上。祁鳳翔在書房，祁泰報了進去。蘇離離走進那開間的三進大房時，祁鳳翔正在寫一個東西，專注而忽略她。落完最後一筆，他方擱下筆，手撫桌沿，抬頭打量蘇離離。

良久，他道：「妳坐。」

蘇離離依言，在旁邊的木椅上坐下。

祁鳳翔的眼睛微微瞇起，是她見慣的深沉莫測與風流情致，他不辨情緒地開口，「還在為于飛的事難過嗎？」蘇離離點頭。

「妳可知道妳今天是怎樣凶險？倘若被人發現，我也護不住妳。」祁鳳翔在平靜之中有摸不透的情緒，話卻說得坦率而堅執，「我願意對妳好，不會害妳，前提是妳要懂事。有很多事妳不能接受也只能接受。」

蘇離離有些鬆散地倚在扶手上，像脫離世情的繁複，反是冷靜疏離，「我卻不一樣。我在意很多人，在意言歡，在意于飛。這些人在你眼裡可能都不算什麼，但我不願他們受到任何傷害。尤其在我相信你後，你卻來傷害他。」

祁鳳翔的眼神閃了一閃，似流火的光芒，他靜靜笑道：「妳可真是善良博愛啊，難怪今天那個大太監要因妳而死了。」

蘇離離黯然搖頭，「我不是來和你冷嘲熱諷的。」

他沉默片刻，注視她道：「好，我也不想這樣。于飛的事我是答應過妳，即使我這次真的救不了他，我也希望妳不要難過。我確實盡力了。」

蘇離離打斷他道：「我們不說這件事了，好嗎？」

「好。」

一陣突兀的沉默搶入二人之間。半晌，祁鳳翔無奈地笑，「算了，我不該說這些。」他站起來走到她椅邊，把手伸向她，「妳也不要鬧了。」

蘇離離微不可察地嘆了口氣，扶著他的手站起來。祁鳳翔的手修長而溫暖，骨節分明，左手虎口上的小傷痕，如一點朱砂痣一樣無法拭去。傷口雖小卻刺入筋脈，穿透虎口，即使痊癒，也能摸到皮肉下的硬結。

蘇離離撫著他手上的皮膚，道：「你的手經常殺人，為何沒有血腥氣？」

祁鳳翔微微思索了一下，道：「因為殺了人可以洗掉。」

蘇離離以拇指摸著那傷痕，問：「你那時候為什麼要扎自己？」

祁鳳翔被她一問，忽然露出一絲惱怒與窘迫，卻覺她摸在自己手上溫柔繾綣，低沉道：「那天妳在船上還沒醒的時候，我坐在那裡想，到底要把妳怎麼樣。我想了很多惡毒的法子，可以讓妳生，讓妳死，讓妳生不如死。然而我最後還是放過妳，扎這一下當作告誡。」

「告誡什麼？」蘇離離問得很輕，怕聲氣將這答案吹散了。

他的眼仁猶如墨玉一般內斂深沉，「告誡自己在浮世之中有許多誘惑，但需明白要的是什麼，就不可輕易動心。」

蘇離離緩緩抬頭看向他，「有用嗎？」

祁鳳翔危險地笑，「有用得很，妳要不要試試？」

蘇離離搖頭，「我不試了。」

他狹長的眼眸看不出是喜是怒，「妳怕燒了手。」

他果然聽說了那句話，而她也摸到了這個傷痕。彷彿有某種東西落定在心裡，有種殘敗的平衡。蘇離離霎時想到于飛慘死的樣子，眼淚止不住地掉下。他的手指帶有微微涼意，而淚滴淡淡的暖，落在他手上激起差異的觸覺，將他的情緒攪起微瀾。

祁鳳翔伸手撫上她的臉，將她的頭抬起，有些愕然地看她流淚的樣子。他的手摸著她的眼角，忍不住低聲道：「其實于飛……」

言未已，祁泰在門口急急地報了一聲，「主子，魏大人來了。」

祁鳳翔神色一整，對蘇離離道：「在這裡等我一下。」

約過了盞茶時分，他才匆匆回來，看了看夜色，「走吧，我送妳回去。」

蘇離離搖頭道：「你忙吧，不用送了。」

祁鳳翔卻執意把她送到棺材鋪的後角門邊。蘇離離轉身站住，望著他卻不走，有些出神。

祁鳳翔看她這副樣子，輕笑道：「我以前能看透妳，現在卻看不明白。」

常言道當局者迷，若是看不清一件事時，必是不覺間已陷入其中。

蘇離離盯著他衣服上的暗紋，像在定陵墓地裡初見他時，泛著的曖昧絲光，「我進去了，你也回去吧。」她打開角門，邁步向前，身影消失在門扉後。祁鳳翔站了一會兒，轉身往後，走入長街夜色。

蘇記棺材鋪開業數年，賣過的棺材遍及京城。這裡住過程叔，住過木頭，住過于飛……死者往矣，生者無信。蘇離離拿著手中的字條，默默看了一陣——不要相信祁鳳翔。清雋的筆墨就像那年救起他時的倔強，如同一首悠揚平仄的曲，倏然弦斷聲竭，隱沒在亂世浩渺之間。

她看著那張紙在手中燃起，飄落在地上化為灰燼。火光一閃，滅了。她想留下一點什麼，卻不知留給誰，情知祁鳳翔必然會看見，她只簡單寫道：『我走了。』將那張紙折了三折留在枕上。

當晨曦透出第一縷光時，蘇離離換上以往的男裝，如往常到南門邊的木材市場看木料，沿著市場轉了兩圈，越過河邊拱橋，走出人流熙攘的京城南門。

前方的道路也許荊棘遍布，但她已無可失去，故而無所畏懼。

玖・似是故人來

正是十二月嚴冬，越往南走卻越暖和。蘇離離從京城直下徽州，她曾聽祁鳳翔說過，祁氏現在無南下之意，而是西出中原。她帶著自己數年來的積蓄，一路上卻裝得很窮，只是不斷往南。

她無法再待在棺材鋪裡，于飛曾經住過，她幫祁鳳翔勸過他，也等於幫人害死他。他縱然有千萬可行的理由，她卻不能接受這個事實。有一些答案，她還需要慢慢尋找。

又行數日，到了長江邊上，聽聞祁鳳翔果然又出冀北，兵指山陝。人生聚散，淡然而沉靜。除夕這夜坐在江上小舟裡，看見萬家燈火，想起去年除夕時，他坐在院子裡喝酒，滿心算計要把她騙到冀北，不由得發笑。

所有的話語、試探、患得患失，甚至算計的無情都如煙火在空中綻放，凋落，寂滅。她唯一明白的是，一切的困難終會過去，就像家破人亡，像無處可依，像遭人戕害。時間如水一般流過，將尖銳的痛打磨得鈍重，成為永恆暗淡的印，而生命始終鮮活。

大年初一渡了江，找到一家客棧住下。正是個江南小鎮，蘇離離問店家附近有什麼好玩的，店家說這裡窮鄉僻壤，沒什麼好的，上游江邊有個大石磨，真是大得不得了，所以這裡就叫磨盤鎮。她聽著南邊的口音覺得奇怪，店家也知道她從北方來的，翹著舌頭跟她說官話，說得蘇離離嬉笑不住。事後果真跑去看了，大開眼界，比房子還大的石磨，被水流沖著轉動。

兩日後行到一個繁華些的市鎮，找了一家不好不壞的飯館吃飯，一邊吃著一邊研究這江淮的菜系是怎麼做的。北人粗獷，南人謹細。即使一群大男人談話也談得別開生面，語音急促而溫和，只聽一個油光滿面的老頭道：「依我之見，如今天下群雄的高低沒有個三五年是分不出來的。」

旁邊一人打斷他道：「難說，祁氏即將平定北方，到時揮戈向南也未可知。」

油光老頭道：「祁氏長居北方，不擅水戰，長江天塹一道，他們過不了。」

蘇離離細細一想，這涼菜必是從滾水中撈出氽涼水，才能這般生脆，再放少許醋來提味，餘香無窮，不由得滿意地用筷子將碗一敲。

身後一人道：「這個你們就不知道了，有傳聞說祁氏已得到先皇的《天子策》，陸戰水戰必然都不在話下。說起來，這件事還有些……哈哈，哈哈。」他意味深長地一笑。

桌上諸人忙道：「有些什麼？老兄莫要藏私，說來給大家聽聽。」

那人啜一口小酒，一副八卦嘴臉，「你們可知這祁氏是如何得到《天子策》的？這《天子策》從前朝太子太傅葉知秋歸隱之時起就再無下落。祁氏卻從一個女子手中得到，這女子就是葉知秋的女兒。」

「聽說是生得妖豔絕倫，祁三公子征冀北時遇到她。唉，英雄難過美人關啊，被這女子迷得神魂顛倒……」

大多數人沒那個叱吒天下的機會，便巴不得看那些光鮮人物栽在女人手裡。

油光老頭打斷他道：「胡說。祁三公子在平豫南時才娶了傅家六小姐，哪來的什麼神魂顛倒。」

那人叩著桌子道：「老爺子有所不知，這些王孫公子，都是吃著碗裡看著鍋裡。傅家那是什麼家世，可這祁公子未必就喜歡傅小姐。單說葉知秋的女兒，他帶回京去另置別苑，金屋藏嬌，不想還是讓祁煥臣知道了。祁煥臣大怒，要殺那女子。」

旁邊白聽的人興致頓起，催促道：「結果呢？」

「唉，結果那女子當面獻上《天子策》，祁煥臣一則迷惑於她的美色，二則感念她獻策之功，竟將她納入後宮，充了下陳。」他嘆息不已。

四座紛紛搖頭譁然道：「這祁家父子真是淫亂無恥啊！」

「是啊，那祁三公子為祁氏基業南征北討，他父親卻連個女人都要搶去。」

一時間眾說紛紜。

蘇離離一手支著腮，一手夾了菜蹙眉抿著，頓覺索然無味。這江湖傳言也太離譜了吧！她當初編的瞎話只有趙無妨、歐陽覃聽見，事後祁鳳翔也知道了。後兩人不會去傳這樣的話，只怕是趙無妨在那裡胡說，想把祁鳳翔拉下馬，發揮想像添上一點桃色作料，便可廣受歡迎。

只不知京城那邊是否也知道了。即使還未傳去，十方應也能收集到，那祁鳳翔會逼她才是，他卻如此不動聲色，豈不奇怪？

她正想著，忽聽角落清冷處一人聲音醇厚，帶著北音道：「長江天塹守不守得住，還要看江南有沒有抵擋得住的將才。現在的郡守，不戰也罷。」

他此言一出，大家都靜了靜。店家忙出來打圓場道：「諸位好好吃，好好吃。店小利薄，莫談國事、莫談國事。」

非常時期，也無人不識相，於是喝酒的喝酒，吃菜的吃菜。蘇離離忍不住回頭看了方才說話的那人一眼，無論如何，也算是幫她這傳說中妖豔絕倫的禍水解圍。

但見一個青衣中年人在自斟自飲。他唇上留著髭鬚，臉形有些瘦削，神容淡漠。見蘇離離回頭，便衝她微微一笑。蘇離離一愣，禮節性地笑了笑，回頭暗忖：莫非是熟人？

還未想完，那人已端了酒壺過來，在她側凳上坐下，放下杯子道：「小兄弟大節下，怎的出門在外？」

蘇離離看他一眼，除了程叔，自己從不認識這等中年大叔，也不好詢問推辭，只順著他道：「我在京城求學，家父在淮經商，節下正要回家。路上因事耽擱了兩天。」

那青衣男子放下酒杯，有些黯然道：「蘇姑娘。」

他這句「蘇姑娘」一出口，蘇離離驀地一驚，但看他眉目不蹙而憂，那神色似曾相識。

蘇離離結巴道：「時……時大……大叔！」

時至今日，他不像冀北所見時的瘋癲，蘇離離也不好堂皇地叫他「時大哥」。時繹之見她有些驚嚇，淡淡一笑，「妳是辭修的女兒？」

「是。」

他溫言道：「妳不用怕。那日真氣衝破我任脈，鬼使神差竟將我先前走火入魔的瘋症治好了。」

蘇離離點點頭，也不好說什麼。時繹之道：「妳記得小時候的事？」

「記得一些，記得那天下雨，你失手殺了我娘。」

時繹之眼睛驀然一溼，「失手，呵呵……那妳恨不恨我？」

蘇離離默然片刻，「我不恨你，恨你有什麼意思？你害過我，我也算計過你，扯平了。」

時繹之端詳她的面龐，低低一嘆，「妳真是辭修的女兒，連性子也像。」

蘇離離抬頭看他，忍不住道：「你怎麼認得我娘？」

他仰頭，喝盡了杯中清釀，「我一直都認得她，從小就認得她，我和妳娘是師兄妹。妳可能不知道，妳娘本是江湖中人，並非書香門第。」

二十年前，草長鶯飛，時繹之與蘇辭修青騎紅衣，山水為樂。本是思無邪，卻因偶遇而改了初心。師妹愛上了一個文弱書生，成了人妻。師兄輾轉來到京城，投身朝中，只為時時見她。然而一個人的心不在，縱然天天相見也不過是徒增傷戚。

「有些東西真是說不清。」時繹之緩緩道，「妳娘的劍法好，當年在太微山也算小有名氣，她也頗為自得，曾說自己的夫婿必要勝過自己才會嫁。我武功一直比她好，她也一直很尊敬我，我以為有朝一日她必會嫁我。誰知她最後嫁的人，連絲毫武功也不會。」

「妳娘看著灑脫隨性，有時卻又很認死理[26]。我知她不會回頭，也想放手而去。就在那時，葉知秋辭官離朝，我奉命追殺。」他嘆息，「那時我心裡恨妳爹，確是想殺他。然而妳娘……妳也知道的。」

蘇離離聽他說完，低頭不答，心裡波瀾起伏。

時繹之嘆道：「妳不必恨我，我的真氣在任脈衝突，日夜往返不息，竟不受我控制，其苦萬般。這樣不死不活、無親無故地活著遠比死了更難。這也是活該的報應吧。」他話鋒一轉，「上次跟妳到冀北將軍府地牢的人，是祁鳳翔嗎？」

「是……」

時繹之搖頭道：「妳跟他是什麼關係？」

「朋友而已。」蘇離離苦笑著想，他不抓著我，誰願意跟他做朋友。

---

26 認死理：堅持某些道理與理由，不知變通。

時繹之道：「那妳有什麼打算呢？」

蘇離離的食指在筷子上劃著，「隨便逛逛，沒錢了再說吧。」

他淡淡笑道：「關鍵在於，妳需明白自己要的是什麼。」

蘇離離默然想了一陣，「我要什麼？」她搖搖頭，「我也不知道。我只是不想要被那些想找我的人找著。」她有些愣怔地抬頭，轉看四周，別人的飯都吃完了，「你要的是什麼？」

時繹之道：「我現下正要去三字谷，看看能不能治好我的內傷。」

「那是什麼地方？」

時繹之笑道：「妳不是江湖中人，自然不知道。三字谷乃神醫韓蟄鳴的住處，韓先生深居不出，所有求醫之人只能送上門去。無論刀劍外傷，或是沉疾重病，他總有法子救治。所以江湖中人不怕他醫不好，只怕他不醫。」

蘇離離聽得眼睛溜圓，不禁嘆息：「這人真是棺材鋪的大敵！」她站起身來，對著店家喊「小二，算帳」之後，轉對時繹之道，「飯吃完了，就此別過吧。」

時繹之搖頭道：「妳一直被人跟蹤著，還不知道？」

蘇離離不相信，「誰跟蹤我？」

時繹之拈一根筷子，手腕微微一抬。那筷子直飛向屋頂，穿破屋瓦一聲脆響，時繹之喝道：「下來吧。」

一個黑影自簷上飄落，站在階下，黑紗覆面，看不清五官，蘇離離卻認出他，驚道：「是你！」

本已過來的店家嚇得連連倒退，和店小二一起轉身縮到櫃檯後，半露著腦袋看這三人。

「妳認識？」時繹之問。

蘇離離點頭，「認識，祁鳳翔的人。」

八爪臉緩緩進來道：「閣下好身手，隔著屋瓦，我竟避不過你的筷子。」

時繹之未及說話，蘇離離已然怒道：「你一直跟著我？」

「是。」

「那……那……」她一時不知從何問起。

八爪臉已善解人意地接下去，「我一直都有把妳的消息回報給京裡。」

「你主子怎麼說呢？」蘇離離怒極反笑。

「讓我沿路保護妳，直到妳逛膩為止。」

祁鳳翔真是令人髮指！蘇離離有些惱，卻冷笑道：「怪不得我走了這一路還沒讓人賣了，打出生就沒這麼順風順水過，原來是你在暗中跟著。這樣多不好，我吃飯你看著！」她一拍桌子坐下來。

時繹之微微笑道：「祁鳳翔倒是個有心人。」

蘇離離咬牙，強勁也上來了。他憑什麼這般淡定，要把自己的一言一行都納入指掌。她轉頭道：「時叔叔，不如我跟你去三字谷吧。只是有這個人跟著，實在是討厭得很。」

時繹之笑道：「妳也莫要為難他，他為人下屬，本不得已。何況並無惡意。」他轉向八爪臉，卻是冷凝語氣，「你願意跟著就跟著，只是我這位侄女不愛見你，你便不要出來了吧。」

蘇離離看了時繹之一眼，沒有再說話。

三字谷在徽州南面的冷水鎮上。蘇離離一路上前後左右地看，問時繹之：「他藏在哪裡？為什麼我都看不見他跟了我一路。」時繹之聽聞後大笑。

冷水鎮位置稍僻，房屋簡潔，鄉人樸實。晚上住在那裡，時繹之指著房上炊煙道：「離離，妳看這裡的人，他們雖各有弱點，彼此之間卻從不乏關愛。」

蘇離離抬頭看去，一縷青煙裊裊而起，像極她不曾遇見祁鳳翔時的日子，清淡如茶。她望著這郊野村莊平靜中的生動，覺得這是豐沛充足的生活。

這生活於她，或者一度如此，或者再度如此。

三字谷在冷水鎮西南，於山間小道走了半日。時繹之說那個黑衣人停在冷水鎮，沒有再跟過來。他跟不跟著，蘇離離也覺察不到，並不介意。

沿途陸續看見三撥人，或攜弱扶傷，或抬著、背著病患。每個人的周身都溼漉漉的，頭髮貼臉，彷彿落湯雞一般。見著他們，眼裡說不清是憤恨還是絕望，又有那麼一點幸災樂禍，看得蘇離離心裡一陣發毛。

他忍不住問時繹之：「這些人怎麼都像從水裡撈起來的？大冬天的，韓大夫他老人家就是以潑涼水來治病嗎？」

時繹之也皺眉，「想必是來求醫的江湖中人。韓先生若是人人都醫，必定人滿為患，所以他醫與不醫有一個規矩。只是大家都不知道這規矩是什麼，或只憑一時喜怒吧。」

蘇離離疑道：「江湖中人不講理啊，他若是打不過人家呢？」

時繹之搖頭道：「人家要求他醫治，必不好動手，只能按規矩來。」

沿著崖邊一條獨徑慢慢往谷底走，山勢奇峻陡峭。時繹之對這山路不屑，一遇崖阻，便提著蘇離離的衣領飛身而下。蘇離離打從出生就不曾這樣飛行過，直嚇得牙齒打顫。待得落地，卻又覺得應該多飛一會兒才夠驚險。

這峽谷極深，直往下行了百丈，才落到一塊斷石上，石後隱著一條木棧小道。大石邊緣猶如刀切斧砍一般整齊，裸露著層層疊疊的風化印記。蘇離離忍不住往內壁靠去，落地沒站穩，摔在地上一聲慘叫。

便聽時繹之道：「什麼人？」

石後緩緩走出一位老者，面有風霜之色，一身寬袖長衫。谷間風大，他低垂的衣袖卻紋絲不動，顯然是身懷極高明的內功。那老者緩緩開口道：「你的內力不錯，竟然連我的呼吸聲都能聽見。」

時繹之一把挽起蘇離離道：「豈止是不錯，簡直不錯得讓我受不了。韓先生的武功也在伯仲之間嘛。」

那老者淡淡站定道：「我不是韓蟄鳴，我姓陸，別人都稱我一聲陸伯。」

時繹之拱手道：「原來是韓先生的義兄，失敬。」

陸伯也不客氣，也不虛應，「你可以就此進去，她不行。」

時繹之微微一愣，「為什麼？」

「這是規矩。」

時繹之搖頭道：「這是我世侄女，我要求治，她只是隨行。」

陸伯寸步不讓道：「那也不行。」

時繹之不動聲色地微微抬頭，語氣有些強硬，「你這是什麼規矩？恃強凌弱？」

陸伯抱袖：「小姑娘，妳知道這是什麼地方？」

蘇離離站在一旁轉了轉腳踝，見他面無善色，老實答道：「聽說叫三字谷。」

「妳知道為什麼叫三字谷嗎？」

「必是寫《三字經》的人來此治病，韓先生不治，最後死於谷底。」她語音清脆，煞有介事。

時繹之忍不住一笑，陸伯聽不出她的嘲諷之意，正色道：「不是。此谷的規矩，凡是求醫之人，在我出現之前必須要說三個字。不是兩個，不是四個，而是三個，那麼此人便可入谷治病。否則要被我扔下這石崖去。妳這位叔伯方才說了『什麼人』，妳卻沒有，所以照規矩，我只能把妳扔下去。」

蘇離離大驚，看了崖邊一眼，吞口唾沫道：「我……我也說了三個字的。」

陸伯眉間微蹙，「老夫耳力甚好，絕不可能聽漏。妳說了什麼？」

蘇離離懇切而認真道：「我下來的時候摔了一跤，當時就說了『哎喲啊』。」

時繹之這次哈哈大笑，陸伯的老臉皮抽了一抽，帶著三分薄怒道：「吐字不清，不算！」

「那……那個，」蘇離離望了崖上一眼，「你先退回石頭後面，我重新下來一次。」

「不行，出去的人不能再進。」陸伯言罷，身形一晃，如影如魅，飄向前來。

蘇離離大叫：「時叔叔！」

時繹之卻負手不動，搖頭嘆道：「江湖規矩，不可不從。」

下一刻，蘇離離已經凌空而起，飄飄落向崖外。氤氳著霧氣的谷底在她眼前一現，隨即轉個彎看見石崖從眼前閃過，爾後便是陸伯帶著一絲獰笑的臉，和天空上淺淡的雲朵。佛曰一彈指為二十瞬，一瞬為二十念，一念間九百生滅。

蘇離離淒厲的叫聲響徹雲霄，心念起伏。彈指之後，鈍重一響，水波蕩漾，浪拍兩岸如和聲。蘇離離沉重地摔進一潭溫熱的湖水，水往鼻腔裡灌，窒息與恐懼深切地襲來，腦中彷佛只剩天邊一抹若有若無的雲彩。

蘇離離像一條懶散的海帶，舒展漂浮在湖底。腰上有人一抄，如同記憶層層剝離，她感受到的壓力越來越輕、越來越輕，接觸到空氣的一瞬，昏了過去。彷佛咳出了一些水，有一隻手撫上她的眉目，溫柔，緩慢，猶如帶著感情，令人安心。

蘇離離流年不利，又昏了過去。

醒來時，正在一間窗明几淨的小木屋中，時繹之靜坐一旁。蘇離離斜倚在椅子裡慢慢睜開眼來，暸望屋頂道：「時叔叔，你救了我？」

時繹之搖頭，「不是我，是谷底的人救了妳。三字谷從來不傷人命，谷底的碧波泉有療傷的奇效。凡是入谷之人，扔進去泡泡，總有好處。我可以留此治傷，所以妳也可以留下。」

蘇離離站起來，確覺神清氣爽，「還真是，怎麼就這麼神？」

「那是因為我剛才用內力把妳的衣服烘乾了，妳補了這麼多真氣，怎能不爽？」屋角傳來一個乾癟的聲音，卻見一個相貌清奇的白鬍子老頭踱出來，捋一捋鬚，對時繹之道，「我已經說得夠明白了，你到底作何感想？」

時繹之搖頭道：「韓先生，我和那人非親非故，數十年功力散去救他，這未免太離譜了。」

蘇離離大驚，她初聽韓蟄鳴之名以為風雅有度，不想卻是如此乾癟瘦小的老頭，如市井俚夫，兩眼卻閃著精悍的光。只聽這老頭道：「你真氣本就充沛，如今衝破任脈，不是由人力導，而是走火入魔，不受你控制。若不散去內力，你一輩子也只能受真氣激蕩之苦。」

時繹之皺眉道：「散去真氣人人都會，我遠行至此，正是想求一個萬全之法。」

韓蟄鳴冷哼一聲，「你明知道沒法，我教你法子你又不依，那便這樣吧，明日自可出谷。只是難得你走火入魔走得真氣衝突不息，正是那人的良藥。你的傷不治雖不死，他的傷不治卻難活。」

蘇離離從旁聽了半天，愣道：「時叔叔，你為什麼不肯？」

時繹之搖頭道：「真氣一散，如同廢人，那還有什麼意義？」

蘇離離低頭，道：「我一點真氣也無，雖然沒用些，也算不上廢人。其實做尋常人有尋常人的好處，你只是武功高強慣了，反不願做平常人。」

武學之道，便如權勢，越是貪戀越是難以抽身。時繹之看著蘇離離，只覺虧負她極多，若是自己合該失了武功，便全當是還她吧。他默然片刻道：「離離，妳說我該怎麼辦？」

蘇離離抬頭看了他一眼，輕聲道：「我覺得……若是還能救人一命，那便散去真氣救了吧。」

時繹之看著她面龐清柔，有種不真實的錯覺，良久微微點頭道：「罷了，就依妳吧。」

韓蟄鳴眼裡精光一閃，頓時高興道：「老子還沒治過氣府受創如此之重，還能痊癒的人！」遂喜向窗外叫道，「真兒，真兒，快去給我備一下銀針藥劑！」

窗外一個少女應聲而來，步履輕快，杏紅的衫子映著青翠的樹木，分外耀眼。她笑容明媚道：「爹爹，他肯治江大哥的傷了？」

韓蟄鳴點頭，「肯了，這位姑娘說服他了。」

那少女看了蘇離離一眼，歡聲道：「太好了，我去跟娘說。」轉身又往外跑。

韓蟄鳴道：「叫妳們備藥！」

「知道了！」她人已去遠。

蘇離離看著他們幾人一派生氣，心裡多少也有點愉快。她慢慢踱出木屋，屋外生著一片鳳尾竹，晚風一起，「唰唰」地摩挲著響。蘇離離漫無目的地走過那片竹林，漸漸離遠木屋。山谷幽靜，間聞鳥鳴，一路樹木豐茂，不乏百年良材。蘇離離摸著一棵大榕樹的樹皮，暗想自己這一輩子只怕是與木材結下不解之緣了。

天色將暗不暗，木葉草叢有些沙沙聲。蘇離離放眼看去，有個青澀人影從山坳處走來，影影綽綽也看不分明。蘇離離轉身欲往回走，卻見那人步履從容緩慢，又專注地朝著這邊行來。漸漸近了，更近了。

蘇離離如魔怔般站住。那人眉目俊朗如星月皎潔，卻退去了青澀，更加深刻英挺；身量也愈加挺拔，足比蘇離離高出一個頭。他在離她三尺之外站定時，望著她的眼中無悲無喜，只是專注，襯著身後薄暮，似從前世走來。

寂靜中，他的聲音低沉愉悅，「姐姐。」

蘇離離被淩亂的風吹散頭髮，她撩開頰邊的髮絲，疑幻疑真，低聲道：「木頭。」呆立了半晌，眼中看著彼此，彷彿觸到曾有的明媚清澈。那是後院葫蘆架下稀鬆細碎的陽光，是屋瓦上凝起的青霜。人們記得一段時間，並非記得它的細節，而是因為種種見、聞、觸、動，編織成某種模糊的感覺，印入靈魂。

蘇離離語調遲滯，在唇齒間輾轉而出，如怨慕般柔婉深邃，仍是低聲叫道：「木頭。」這聲音在頃刻讓他動容，未及說話，蘇離離已撲上前去，將他狠狠一推，大聲道：「你死去哪裡了？」聲雖狠惡，眼眶卻紅了。

木頭站立不住，跌坐在地上，卻仰頭笑了。蘇離離一把將他按倒，怒道：「你怎不回來？」

木頭由她按著，卻微笑地看著她：「回不來。」

蘇離離愣了一愣，眉頭一擰，「怎麼？惹桃花債了？」

木頭苦笑，「沒有。快死了。」

蘇離離鬆開手，目光如刀子一般扎在他臉上，「你都去幹什麼了？」

木頭看著這雙清明的眸子，心中不復死灰般寂寥，卻是沉靜的喜悅，淡淡道：「也沒幹什麼，就殺了個皇帝。」

蘇離離咬牙道：「真是士別三日，當刮目相看啊。」

木頭支起身看著她，輕輕道：「難怪妳的眼神如刀子一般地刮我。」

蘇離離又一把將他推下去，也不管地上的泥土，默然坐到他旁邊，道：「怎麼快死了？」

木頭慢慢坐起來，「當時受了極重的內傷，祁鳳翔認識韓先生，把我送到這裡來。韓先生用盡法子才保住我的性命。我每天都需在溫泉裡療傷續命，不能有一日暫離，順便打撈被扔下來的人。」

「今天是你把我撈起來的？」蘇離離問。

「嗯。」

她默然一陣，「你為什麼要殺皇帝？」

「他是我們的仇人。」

蘇離離端詳他清冷的神態，「你到底是什麼人？」

他看著她，「我是木頭啊。」

「為何不告訴我去做了什麼？」

「因為可能有去無回。」

「那你過後也該給我一封信啊！」

木頭停頓了一會兒，望著那片竹子，沉沉道：「我的傷終究好不了，又不能離開峽谷溫泉。讓妳知道不過是白白難過；即使妳來見我，過不了兩年，我也還是會死，不如不見。」

蘇離離靜了靜，眼珠子一轉，急扯他的袖口道：「你不會死的，現在有人可以救你！」她看了竹林那邊微弱閃爍的燈光一眼，「我們快過去吧。」

說著，將木頭拉起，兩人往木屋那邊去。他走得很慢很穩，一步一步。蘇離離卻一眼看出他不如原來的矯健敏捷，心裡有些懊悔方才不該推他。放慢步伐，兩人走到木屋前，韓真出來迎接，一見木頭，笑得純粹真摯，道：「江大哥，你有救了。」

時繹之要救的那個人果然是他，蘇離離略放下心，卻禁不住一陣冷笑。哼哼，混成大哥了啊。薑大哥？把你拍成蒜大哥！

三人進屋去，時繹之正盤膝坐在蘇離離方才躺著的床上，依韓蟄鳴所教之法調息理氣。木頭甫一進門，驀然站住了。時繹之睜開眼時，眉目一凜，如寒霜般冷冽肅殺。見蘇離離站在他身邊，意態親熟，沉聲道：「離離，妳認識他？」

「他？」蘇離離轉頭，涼涼地問木頭，「公子，您貴姓啊？」

木頭眼色一絲不亂，望著時繹之，卻冷冷答她道：「鄙姓江。」

拾・山青橫雲破

一年多前，時繹之時任內廷侍衛長，總管大內侍衛。其時人心已散，士不用力，民不聊生。下面侍衛們懈怠，他卻盡忠職守。這夜正在偏殿靜坐，忽聞正殿輕響一聲，如貓撲瓦。時繹之內力深厚，耳目聰敏，縱身一掠至殿外，正遇下屬奔來，急告一聲「刺客」。

時繹之道：「皇上無恙？」

答曰：「被刺。」

他心驚而神定，正欲往前，便見一個人影倒縱而出，身姿翩然，平沙落雁般點地。時繹之的武藝雖談不上冠絕天下，卻也在天下之巔，見這人刺殺皇帝，毫不慌張，舉動之間倒透著一股從容優雅。心中生慨，使出疊影身法，欺至他身邊。

那人步法碎而不亂，須臾躲避他十三招。左腳尖點地一劃，正是一招曼珠沙華。三途岸邊接引花，花開而葉落，花葉生生不相見。時繹之觸動情懷，收勢而立，細看那人。卻見是個布衣少年，既不蒙面，也不玄服，眉目之間反透著疏淡開闊之氣。

他心念一動，道：「情不為因果，緣註定生死。你這招曼珠沙華，少林寺不傳俗家弟子。你年紀輕輕與少林有此淵源，必是臨江王家人。」

少年衣袂飄飛，眼睛猶如冰雪般冷與純，既不得意也不驚懼，反透著釋然淡漠，「我已殺了皇帝。」

時繹之亦點頭道：「你年紀雖輕，武藝卻好，何苦今日來此送死。」這個「死」甫一出口，已是一掌切向他頸脈，料到他因應之數，中途陡然變招為拳，擊向他胸腹。

少年反應奇快，左手隔開他的手腕，右手直探他的左肋。時繹之側身閃過，拳法未老，變為指法，擦身而過時，微微點到他左臂之上。

他一招之內三變手勢，已是專注至極，卻只擦過他的衣袖。時繹之多年來未曾遇此奇事，不由得打點精神，那少年很快就招架不住，十招之內勉強能還八招，退向宮牆之側。牆頭接應之人連發暗器，將宮中侍衛逼退。時繹之下手再不容情，一掌擊向他的氣海。

那少年竟置而不顧，傾注內力點向他的膻中。膻中為人體要穴，心脈所在，時繹之收勢不及被他點中胸口，慌亂間，一股真氣如反射般竄上心脈，散入啞門、風府，竟致走火入魔，神志瘋癲。京城一破，流落江湖。

而江秋鏑被他一掌拍起，飄飛著摔到宮牆之外，氣府震碎，內力俱失。韓蟄鳴以銀針刺脈，保住他僅存的真氣，卻無法聚集於丹田。每日在碧波潭中借助泉水溫熱療傷之效運轉真氣，勉力維繫，苟延性命。

一年半過去，時繹之再見那個眼睛明亮的布衣少年，那夜魚死網破般的交手仍歷歷在目。他凝神半晌道：「是你受了傷？」

「拜閣下所賜。」木頭聲音清淡。

蘇離離瞧出點眉目來，「時叔叔，是你打傷他的？」

時繹之點頭，不鹹不淡道：「他也沒吃虧，逼得我真氣錯亂，神志不清，落在陳北光手裡，囿於地牢數月。」

蘇離離迅速整理一下思路道：「他是替我去殺那昏君，我又在陳北光的地牢裡救了你，你卻將他打得不死不活，現在你的真氣亂跑，他的傷亂七八糟，於情於理，你更應該治他的傷。」

時繹之聽她一陣勸說，急切之態溢於言表，沉吟半晌道：「妳在陳北光那裡說要見我時，謊稱我是妳義父。離離，我既是妳娘的師兄，認妳為義女如何？」

蘇離離一愣，眉毛輕輕蹙起，心中思忖半晌，搖頭道：「我雖想要你救他，可你害我母親，我怎能認你為父……」

時繹之低頭看著袖子，默然片刻，笑道：「也罷，我原不配做妳義父。」他抬頭看向木頭，「我可以救你，但是想請你答應我一件事。」

木頭道：「你說。」

「你得了我四十多年的內力，不僅內傷可癒，武功也必然大進。我的師侄女蘇離離，孤身一人漂泊江湖。你需立誓，有生之年護她周全，不被壞人所害。否則我予你的內力盡消，筋脈俱斷而亡。」

木頭聽著，眼仁在燈光下有些收縮，態度卻很坦蕩，「我會護她一生一世，卻不是因為要你的內力。我不會立這樣的誓，你願救則救。」

時繹之遭拒，卻拊掌大笑道：「好，好，你二人都很好，遇挫而不折節，向死而泯不畏。韓先生，我們該怎麼樣療這內傷？」

第二天，韓蟄鳴以針灸封住二人幾處大穴，以防真氣散漫。時繹之試探著將內力從掌心透入木頭的掌心，經手三陽經行至天突，沿任脈而下，匯於丹田氣海，一一修復他受創的經脈。時繹之脈息中衝突的真氣找到了出口，源源不絕而出，像翻騰的洪水傾瀉，終於不再濾漫肆虐。

二人療傷之際，蘇離離百無聊賴，跑到木頭住的小木屋裡。屋子只一丈見方，一桌一床，卻整潔清爽，一如他過去收拾的那樣。藤條箱上疊著的衣服，正是蘇離離為他訂做的那件青布長袍，已不足他的身量，袖口也磨破了，卻洗乾淨放在那裡。她不由得想起從前，在後院的井邊裝一桶水倒在盆裡，洗他的白棉衣洗得咬牙切齒。

床頭上擺著一本書。蘇離離拿過來看，是本《楞嚴經》。她愣了愣，想他這一年多來生死徘徊，如何勘透。揭開一頁，邊角有些起毛，顯然時常翻看。蘇離離思緒繾綣，隨著那古雅簡練的字句讀下去。

經上講到阿難為摩登伽女所誘，將失戒體。佛祖遣文殊師利持咒往救。待到佛祖開講正法，闡悟空性時，便覺艱深難懂，只因是他看的書，她又折回前頁去讀，還是看不懂。緩緩闔上書頁，卻拿在手裡，望著那扇小窗發愣，直到木頭伸手在她眼前晃了晃。

蘇離離回過神來，笑道：「傷治好了嗎？」

「我的傷已無大礙，他的傷還沒全好。明天繼續。」他點上燭火，屋裡明亮許多。火苗在他眼裡跳躍，黝黑的眼仁映著火光。臉色雖持正，眼中卻有深深笑意。

蘇離離見他這副樣子，不陰不陽道：「江大哥這般看著我做什麼？」

木頭淡笑，向她伸出雙手。蘇離離握上他的手，有些陌生的細膩溫柔，從指尖蔓延到心底。靜靜握著，卻有情愫流動。木頭望了她許久，輕聲道：「我離開的這些日子，妳過得如何？」

蘇離離深吸一口氣，看著他身後的夜幕漸漸垂下，緩緩道：「還好。被人掐過脖子，中過箭，斷了根肋骨，暈過兩次。鋪子在城破時燒壞了，我又把它修好了。」

木頭收起笑意，「還有呢？」

蘇離離眼睛有些發酸，「程叔被人害死了；我救了一個孩子，後來也讓人殺了；言歡姐姐把我的事說出去，不過她也是不得已。」

木頭默然片刻，道：「還有嗎？」

蘇離離望著他道：「沒有了。」

他捏著她的手微微用力，看著她放在膝邊的書，輕聲道：「《楞嚴經》上說，『又如新霽，清暘升天，光入隙中。空中諸有塵相，塵質搖動，虛空寂然』。」

蘇離離道：「什麼意思？」

木頭將她拉起，沿著手臂撫上她的肩頭，聲音中正清明，「就是說雨後新晴，太陽光射入門縫，從門縫的光裡可以看到空中塵埃飛揚，就像妳受盡波折，顛沛流離；塵質輕而浮動，但虛空依然寂靜博大，雖然看不見，卻時刻相伴相隨，就像我。」

他頓了一頓，「我一直都很想妳。」

剎那間有大顆的淚從蘇離離的眼眶裡溢出，明珠一般剔透，跌碎在地板上。不知是他先擁抱，還是她先依靠，落燕歸巢般緊密，竟不覺有絲毫間隙。蘇離離用力地在他肩上咬了一口，一字字恨道：「可是你走了！」

木頭吃疼，也不辯解，「我再也不會那樣。」

相擁良久，她把臉埋在他的肩頸處，用衣料把淚蹭淨，仰起臉道：「你叫江什麼？」

木頭望著她的臉龐，「江秋鏑，江河的江，春秋的秋，箭鏑的鏑。」

蘇離離道：「今後改叫江木頭。」

木頭板著臉，似在猶豫從還是不從，半晌弱聲抗議道：「父母取的名字……」

蘇離離打斷他道：「姓江，名秋鏑，字木頭。」

木頭額上的青筋一浮，低頭從了。

蘇離離大喜，戳著他的肩道：「說父母。」

木頭悶聲道：「我父親是以前的臨江王，被鮑輝進譖[27]，皇上下令誅了九族。」

蘇離離的眸子像貓一樣瞇起來又睜開，點頭喟嘆道：「我爹名叫葉知秋，幸會，幸會。」

木頭翻起一雙白眼勉強應道：「久仰，久仰。」

正值早春，細雨在屋外飄飄落下，像滿天浮塵蓋世。他們牽著手跑到藥院裡，銅燈之下，頭髮上沾著細小的雨珠，像染滿晶亮的糖粒。不知是跑的，還是冷風吹的，蘇離離臉上有些紅，格外動人。

韓蟄鳴夫婦、陸伯和時繹之都坐在桌前等他們吃飯，但見木頭笑容雖淺淡，卻真摯；蘇離離眉目顧盼，靈慧動人。他們站在一處，說不出的協調，只覺心意圓滿、歲月靜好。幾人看著，都不覺微笑，韓真卻有些愣怔。

一頓飯吃下來，蘇離離忍不住問木頭，「你一年多以來，吃的都是這樣的飯菜？」

木頭點點頭。

「這麼難吃，你怎麼吃得下？」

27 進譖：誹謗、誣陷。

木頭躊躇片刻，沉悶道：「吃習慣就好了。」

韓蟄鳴的夫人四十上下，眉黛煙青，風韻猶存。年少時患了痲瘋病，父母宗族都視若災禍，將她丟棄在亂葬崗上。她在天寒地凍中趴在雪地裡等死，正遇著韓蟄鳴經過救了她的性命還治好了病，便嫁給他。韓夫人溫柔賢淑，樣樣都好，唯獨廚房裡的功夫不能恭維。人說熟能生巧，幾十年下來終於能做到飯不糊、菜不生、湯不鹹的地步，然而越往精深鑽研，越是進步遲緩。

蘇離離吃了兩天，第三天上，拚了小命氣喘吁吁爬上峽谷，去冷水鎮買了一窩農家泡好的酸菜、一塊豬脊肉、三斤米線，以及豆粉、鮮薑、香菜、香油等物。北方人愛吃麵做的東西，南方人嗜吃米做的東西。

這米線嚼起來有些糯，卻比麵爽口。酸菜洗淨切成薄片，放少許的薑熬湯；脊肉切絲和上豆粉，入湯嫩滑。用竹編的漏勺舀起一勺燙好的米線倒進湯碗裡，輕浮翻滾。夾一箸，酸湯開味；吃下去，鮮香無比。

三字谷內氣象一新。木頭大喜，連吃兩碗；時繹之亦喜，連湯帶料地喝下。韓蟄鳴幾十年的伙食得到改善，喜不自勝，將木頭抓來剝掉上衣，「唰唰唰」出手如風，扎成刺蝟。陸伯嚴肅的面容緊繃不改，卻稀里嘩啦將人扔得愈加痛快。

蘇離離聽見那巨大的水花聲，問木頭：「我掉下來的時候也這麼大聲？」

木頭道：「水聲小一點。」

蘇離離滿意點頭，「那還算文雅。」

「但是叫聲更淒厲。」

「……」

韓夫人頓將蘇離離視若珍寶，每天拉到廚房裡請教做飯。韓真年輕的臉上也滿是豔羨，說她做的飯真好吃。蘇離離心道，我做得最好的卻不是飯。

韓真紅著臉問：「蘇姐姐，妳是不是喜歡江大哥？」

蘇離離猶豫了一下，道：「我與他相處兩年，原是一起熟悉的。我們之間談不上喜歡不喜歡。他活著我就很高興了，只盼他每天過得快活開心，我便心意滿足。」

韓真卻點頭道：「那天你們跑過來吃飯時，江大哥拉著妳笑。他在這裡生活了一年，我從未見他那樣笑過。倘若他見著妳，能天天開心，我也會很高興。」

蘇離離覺得時繹之說的不錯——這裡的人各有弱點，但彼此之間從不乏關愛。

沒有弱點的人，她只見過一個，便是祁鳳翔。他那雙眼睛秋水含情，似睇如盼，卻永遠看不透他在想些什麼，他因何而喜，因何而悲。雖怒時亦笑，雖喜時不懌。

這樣一個人，你無論在何時伸出手，觸到的都只是彼岸的芬芳迷離。

近一個月的時間，時繹之的內力不停地輸入木頭體內，將他氣府經脈修復穩固，積於丹田。但畢竟不是自己修為，還需韓蟄鳴從旁輔理，以防真氣錯走，待得他能把時繹之的真氣運轉自如時，方能算是痊癒。

蘇離離把他左看右看，道：「看起來和前兩天沒多大差別。」

木頭拾一張硬實的桐葉，往天上一扔，那樹葉飄飄輕揚，飛了上去。他以兩指拈一根小樹枝，隨手劃過。樹枝與樹葉凌空相隔三尺，樹葉如蝴蝶的兩翅，從中翩然分開，翻捲著零落。他收手而立，道：「這就是差別。」

蘇離離瞠目結舌，「這……這已經很厲害了呀。」

「時繹之原本於武學之道極有天賦，數十年的內功修為非我所能深窺。我現在能運用的也不過十之一二。」

「那你全用起來豈不是更厲害？」

木頭點頭，「當初他打傷我，自己也走火入魔。不想我們今日卻要互療內傷，可見因果之道，迴圈不息。」

蘇離離聽了卻高興，「那好得很，前日我在谷底的河床邊上發現一個寶貝。等你傷好了，我們去把它挖起來。」

木頭蹙眉道：「什麼寶貝？」

蘇離離拉了他道：「你跟我去看。」

沿著谷口往下，茂密的叢林逐漸開闊。前兩天下雨，一條小河涓涓而過，在平坦處沖開一塊積沙。蘇離離在積沙中尋覓，片刻之後扒了扒沙礫，泥地下露出一塊黑漆漆的東西。蘇離離敲了敲道：「你說，這是什麼？」

木頭也敲了敲，聲音有些鏗然，如金石相撞，「石頭吧？」

「胡扯，這是陰沉木啊！我那天看了一下這一段，外黑內綠是楨楠。從這邊看，三人合抱也不止，如果長度夠，就能做九尺大棺了。」

木頭幫她刨著沙土，「這面上翹曲變形，有什麼好的？」

蘇離離痛心疾首道：「怎麼會不好！陰沉木埋地千年不朽，若是挖出來打磨光滑了，不用上漆，紋理比織錦還要潤澤光亮，比紫檀還要細密。小小一方做成玩器都價值千金，你沒聽說過『縱有珠寶一箱，不如烏木一方』？前朝都不許民間私用，只能做帝王宮殿棺木之選，還有詩說『泥潭不損錚錚骨，一入華堂光照衣』。」

木頭望著像是被燒成炭的陰沉木，「我只看過韓先生的藥書上說『烏木夜發幽香，彌久不散。性甘、平、解毒，又主霍亂吐痢，取屑研末，用溫酒服』，我還問他是不是南邊常見的那種烏木，他說不是，是埋在地下幾千年的那種，叫陰木沙。」

蘇離離點頭，「沒錯，就是它。陰沉木奇重，已經埋得跟石頭差不多了。我們先把它掩好，別讓韓先生拿去做藥。」

木頭依言幫她埋上，又記下周圍地理。蘇離離方依依不捨地沿著河谷往回走。木頭牽她走過一淙溪流，道：「這下面偏僻，有野物。妳不要一個人跑來。」

蘇離離聽他說得認真，心裡高興，偏找碴道：「我記得以前教你做棺材，跟你說過各種木料，就提過陰沉木。你怎麼忘了？」

木頭低頭細想一回，「不可能，妳要是講過，我一定記得。」

蘇離離道：「我肯定講了。」

「沒講。」

「講了！」

「沒。」

「……」

山林寂靜，阡陌逶迤，只聽蘇離離怒道：「木頭你這個沒記性的，我明明講了，是你自己忘了。」

木頭的聲音不慍不火，「妳記錯了，還氣急敗壞。」

蘇離離張牙舞爪道：「我要是講到木料，一定會講陰沉木！」

木頭覷了她一眼，淡淡道：「醫書上說，女子時而暴躁氣急，多為月事不調。」

蘇離離如遭雷擊，「你說什麼！」

木頭「哼」了一聲，蘇離離的臉卻漸漸紅了，果然氣急道：「你……你學了半吊子的醫，很了不起啊。」

木頭看著她不語。蘇離離猝然閉嘴，見他目光逡巡，掃著自己的眉目唇頸，明白過來，又有些心慌。木頭慢慢低下頭，蘇離離的皮膚觸到他的呼吸，只覺自己的呼吸亂了一拍。

正在這半推半就之時，但聽「砰」的一聲巨響，碧波潭裡波瀾乍起。木頭無限留戀地看了她一眼，縱身一躍，如長虹貫日般栽進水裡，濺起漂亮的水花。蘇離離忍不住笑了，追到潭邊望著水裡暗影浮動，心道：陸伯可真會挑時間扔人。

潭水一分，木頭挾著一個人冒出水面，直躍到岸上。蘇離離心情不錯，一看那人，招呼道：「八爪臉大哥，你怎麼來了？」

聽她把這不雅致的別號叫得這般親熟，八爪臉聲調鬱悒道：「我叫徐默格。」

木頭鬆開他的衣領，擰了擰頭髮和衣服上的水，「治病？」

徐默格道：「奉命傳句話。」

木頭頭也沒抬，「說。」

徐默格拿出一個用油紙包裹的盒子遞給蘇離離，「這是給妳的。」蘇離離有些愣怔，猶豫地接過來看。木頭掃了一眼，問：「你主子呢？」

徐默格道：「回京了。這次出征雖勝，但人馬死傷大半，手下大將李鏗也被刺身而死。主子讓我告訴你，他答應你的事做完了。」

木頭定定聽完，略一點頭，指著絕壁小路道：「這條路可以上去。」

徐默格回頭走了兩步，忍不住又轉回來，有點遲疑尷尬道：「韓先生醫術高明，能除疤嗎？」

木頭盯著他的臉看了看，問：「多久的疤了？」

「十年了。」

「治不了。」

徐默格沉默一陣，溼淋淋地轉身沿著小路爬上去。

待他幽暗的背影遠去，蘇離離問：「祁鳳翔跟你說的是什麼意思？」

木頭抬頭看著徐默格在山間穿爬的身影漸漸變小，「祁鳳翔答應過我不會傷妳，現在告訴我做完了，意思就是今後殺妳剮妳絕不手軟。」他回過頭看了蘇離離一眼，指她手上的盒子，「這是什麼？」

蘇離離解開油布上的繩子，裡面是一個錦盒，蘇繡的玉蘭花熠熠奪目。她打開盒子，愣了。裡面竟是一支簪子，玳瑁骨，流紋花樣，簪頭參差鑲著兩個小指頭大的明珠，晶瑩剔透。男女之間贈這等釵環帕墜之物，多有些曖昧情事。

樂府詩雲，「何用問遺君，雙珠玳瑁簪。」這簪子乃情人私贈之物，以表相思之情。蘇離離心中憤憤，祁鳳翔歷來不是肉麻的人，如今送這雙珠相思玳瑁簪給她，必不是表相思，而是表調戲！

木頭的俊臉板成最古樸的棺材樣。蘇離離見他臉色不善，道：「我跟他沒什麼的。」

木頭覷著她，不帶情緒地說：「妳那天說了許多別後的事，唯獨沒提他任何一字。」

「他一直……居心叵測，我跟他就像耗子跟貓，怎麼可能……」

木頭黝黑的眼仁有些深，有些鋒利，淡淡打斷她道：「真有情趣。」

蘇離離一聽他如此說話，就知他是真的生氣了，心一橫，「只有一次……十分危急的時候……他親了我一下。」

木頭站住了，眼神一凶，身形微動，不知怎麼就到了她面前。蘇離離尚未反應，就見他的面孔在眼前急遽放大。他捧著她的臉，輕輕咬上她的唇，柔軟的觸感牽起心底黏膩的情愫，忍不住蹭了蹭，貼著鼻尖問：「是這樣親的？」

親密的鼻息相互糾纏，蘇離離虛弱道：「不是……」

話未說完，他已加重力道吮上她的唇瓣，舌頭掃在她白貝般的牙齒上。不是甜，不是香，像碧波潭邊的竹引，池底斑斕的卵石，無不清新怡人，不願放開。

蘇離離呼吸遲滯，勉強掙開他，聲氣柔軟道：「不是這樣，親的是額頭。」

木頭鬆開她，定定站住道：「妳臉紅了。」

蘇離離登時大怒，「廢話，你不也臉紅了！」

木頭臉雖紅，卻猶淡定道：「我臉紅是因為我喜歡妳，妳臉紅就說明妳也喜歡我。」

蘇離離向來伶牙俐齒，在他面前從不落下風，此刻卻像被饅頭噎住，被火鍋燙傷，被魚刺卡住，緋紅著臉色默然不語。

木頭見狀，一臉正色，施施然往藥院踱去。走兩步，見她不動，折回來拖住她的手。蘇離離掙了一下，也沒掙脫，只得由他拉著，唇角卻微扯起一道弧線，手掌的肌膚摩挲得怦然心動。

木頭回頭瞪她一眼，道：「回去說清楚。」

「什麼說清楚？」

「把妳前一年的事說清楚！」

那支簪子的玳瑁紋理疏密別致，明珠光彩照人，價值不菲。蘇離離欲扔到碧波潭裡，覺得浪費了；欲送給韓夫人，覺得捨不得。躊躇再三，決定改天拿到大集上當掉換錢，買東西回來給大家吃喝一頓比較划算。木頭冷冷地看了簪子一眼，說：「換的錢妳自己用，別拉我跟妳一起用。」蘇離離偃旗息鼓。

木頭在時繹之的指點下，內力運轉越發流暢，動靜自如。時繹之喟嘆道：「果真是英雄出少年啊，假以時日你必成大器。」木頭收勢立定，道：「我不求成大器。」

時繹之道：「那你要什麼？」

「不要廟堂之高，不戀江湖之深。天地廣闊，但求其遠。」

「那離離呢？」

「我陪她做棺材，她陪我交遊天下。」

時繹之緩緩點頭道：「你們說好了？」

「說好了。」涼風乍起，吹亂他的衣角。他內力收斂，如小舟入海，天地間渺小自得。

時繹之大笑道：「好，好，少年人如此明白已是難得。世間難求一心人，華髮蒼顏不相離。」仰起臉，眼睛卻溼潤了。

六月初，時繹之告辭而去。蘇離離問他意欲何往，時繹之道：「江湖深遠，尋個僻靜角落獨自安身立命，了此殘生吧。」蘇離離聽後，沉默一陣，也沒說什麼，鄭而重之地做了一桌飯菜送行。站在冷水鎮的大道上，看時繹之一點內力也無，尋常莽夫般踽踽遠去，覺得有什麼舊事前塵在心裡落定。

發愣時，木頭拉著她的手道：「回去了。」此生還有他已是一大幸事。

正值盛夏，蘇離離切著蘿蔔，心中忽念及一事，這天在吃晚飯時問木頭，「你的內傷都好了嗎？」

木頭道：「好了。」

蘇離離道：「那你陪我去一趟梁州可好？」

木頭也不問做什麼，點頭道：「好。」

蘇離離眉毛一挑，目光指點著遠處的韓真，「這麼痛快就答應了，你的桃花債該怎麼辦？」

木頭瞪她一眼，忍了，念頭一轉，還是忍不住道：「我這個不是桃花債，妳的玳瑁簪子才是桃花債。」

蘇離離頓時繳械投降。

三天後辭行，木頭正色道：「韓先生、韓夫人，這一年多來有勞照顧，無以為報。他日若有什麼效勞之處，必當盡力。」

韓蟄鳴揮揮手道：「去吧，去吧。我這輩子治過許多人，要人報答，早就報答不過來了。」

這天韓真卻沒露面。

走到冷水鎮官道上時，正有人家早飯時的裊裊炊煙升起。蘇離離說：「木頭，我們今後還回來這裡的話，就在鎮上開個棺材鋪可好？」

木頭說：「好。」

蘇離離說：「你還會走嗎？」

木頭並不回頭道：「當初我走，只因為身為子女，父母大仇不可不報。為此，我連名字也沒告訴妳。如今諸事皆了，我已無束縛。」

蘇離離默然片刻道：「仇是束縛，那……情是束縛嗎？」

他回過頭來，在晨曦中看著她的眸子，如陽光一般耀眼，「仇是束縛，不報難安；情也是束縛，心甘情願。」

夏日的驕陽用清晨這唯餘的一點溫柔照耀著人們。

黃土地上，他們的影子被拉得修長。

梧桐葉落時，鴛鴦會老死。世間再多的繾綣風情，百年之後都是空幻，其實，有這一刻的相知相伴，還有什麼不滿足的呢？

梁州地處西隅，連通雍、益，地物豐饒，遠離京畿。進可爭天下，退可偏安立政，自古也是兵家必爭之地。出了冷水鎮，西行十日，已入梁州地界。蘇離離帶的銀子快用完了，整日思索生財之道。

木頭說：「省點用。」反正天氣也熱，住宿客棧只在柴房，四面透風，十分清爽。蘇離離或枕在他腿上，或倚在他身旁，倒睡得很是安心。

蘇離離問他：「你現在武功這麼好，要點小錢還不是手到擒來。」

木頭正色道：「人生在世，有所為，有所不為。難道武功好就做強盜？」

蘇離離一面聽得頻頻點頭，一面把數了兩遍的銅錢交出。

木頭看她在道德與現實間如此掙扎，忍不住勸道：「妳別犯難了，天大地大，餓不死我就餓不死妳。」

蘇離離也一本正經地教育他：「孔聖人六國流浪，窮困潦倒。這就是有所不為的下場。」

一路向西，這天終於趕到蘇離離要去的霧罩山時，正行到一處山野人家，黑雲捲地，勁風乍起，豆大的雨點憑空落下。木頭急忙拉著她躲到那茅草院簷下，看天上風雲翻捲，雷聲隆隆滾來，將悶熱一掃而空。

蘇離離聞著雨水氣息，凝神聽了一聽，問木頭：「你有聽見什麼聲音嗎？」

木頭內力充沛，耳目靈敏，「屋子裡有個女人在哭。」

蘇離離奇道：「哭什麼？」

「她沒說。」

蘇離離從院牆外的茅草縫隙裡看去，茅屋門扉緊閉，遂拉木頭道：「我們悄悄去看她在哭什麼？」

木頭想了想，允了，一手攬著她飛身掠到院裡，站在房簷下。蘇離離從窗戶的縫隙望入，見一個農婦散著頭髮坐在地上抽泣，聲雖虛弱卻見哀慟。地上橫躺著個男人，一動也不動，也是農夫打扮。她看了一回，轉過頭來。

嘈雜雨聲中，木頭板著臉瞪了她一眼，問：「看見什麼了？」

蘇離離的臉上閃著同情的光，卻頷首道：「商機。」

農婦農夫都是本地人士，這兩天因為下雨，山上泥水足，沖下一條當地人稱「烙鐵頭」的小紅蛇盤在柴房木桌下。農夫早上去抱柴沒注意，被牠咬在手上，又吐又暈，沒過多久便一命嗚呼了。

木頭細看他手上的傷口，確像是毒蛇牙印。指甲烏紫，面色發青，也是中毒跡象。蘇離離拉著那農婦道：「大姐，如今盛夏，把人這麼放著也不是辦法，這附近可有賣棺材的？」

農婦低頭，搖頭不語。

蘇離離又道：「我會做棺材，不如我給大哥做一具，兩天就好，早點入土為安。」

農婦終於抬起頭，紅腫的眼睛像兩顆桃子，水色氾濫道：「妳為什麼要做棺材給他？」

蘇離離回頭，無奈地看了木頭一眼，木頭挑了挑眉。她轉過臉道：「不為什麼，就想在妳這裡借住兩晚，有米飯就借我們吃一口，讓他捉野味來做菜。」她一指木頭。

農婦看了看木頭，猶豫了一下，點頭道：「好，我也不能讓他就這麼捲著席子埋了。」

俗語雲，「桑、皂、杜、梨、槐，不進陰陽宅」，蘇離離帶著木頭在附近的山上找了幾株松木，和農婦家借菜刀，木頭灌注內力，兩刀劈倒一棵，扛回去。論大小，只好做半花的十三圓。材料工具都有限，做不到十足好。蘇離離有多時不曾摸到棺木，勁頭十足。

農婦也不挑剔，哀容頓消，只剩下一臉麻木，沒有半句言語，用剩下的糙米做了飯給三人吃。第二天，棺材的幫底做好了，蘇離離沒有尺子，估摸著做了七尺長。頭上的橫擋約莫一尺八，由三塊板拼成的，農婦將房裡的箱蓋砍了一塊，說可拼在前擋上。

蘇離離接到手裡看了看，道：「這裡的木料足夠，何須去砍箱子？」

農婦也不說為什麼，執意如此。蘇離離就給她鑲在前擋上，盡量做得周正。晚上，她拉著木頭到院外的山道上說：「這大姐在騙我們，他們不是本地人。」

木頭問：「妳怎麼知道？」

「她給我那塊鑲在前擋的木塊是柏木，只有晉中祁縣一帶的人才這樣做棺材。不論何種材質，在前板上必定用柏木，至少也要拼上一塊。她卻跟我們說她是本地人。」

木頭道：「她下盤沉穩，會武功。」

蘇離離鎖眉道：「你早看出來了？」

木頭點頭。

「那現在怎麼辦？」

「不怎麼辦，大家各自有事。我們給她做完棺材就走。」

蘇離離望著遠處漆黑的山形，沉思了一會兒，道：「好。」

雖然離別經年，再見到木頭卻沒有任何時間的隔閡，兩人鋸著棺材，宛如夙日投契。第三天，棺材完工了。沒有油氈鋪底，沒有大漆罩面，就這樣一具白皮棺材，鄭重地將那個男人葬了。農婦沉默地站在新起的墳堆前，目光深邃狠戾。蘇離離和木頭在小溪邊洗盡了手，正要告辭時，她忽然開口道：「你們是要進山？」

蘇離離道：「是。」

「你們有事？」

「有事。」

「什麼事？」

蘇離離見她如此追問，道：「我舅舅早年在這邊經商，生意壞了才到霧罩山上的道觀裡做了道士，後來死在這裡。他生前託人捎信，說想要回鄉。如今我們來看看，把他的靈柩帶回鄉裡。」

農婦默默聽完，審視她片刻，道：「小姑娘，這是個是非地，不要去了。他武功雖好，去也是白白送死。」她說著，一指木頭。

蘇離離呆了半晌，笑道：「怎麼會呢？這樣荒郊野嶺，有什麼是非？」

農婦面色如常，不露悲喜道：「我說完了，你們走吧。」言罷，徑直往茅屋裡去。

蘇離離立在那裡想著什麼。木頭等了一會兒，見她不說話，問：「還走嗎？」

蘇離離轉過身，看著遠處山巒，嵯峨峻峭，朝暉夕陰。青山一點橫雲破，別無半分戾氣，思忖片刻，道：「你知道我為什麼要去嗎？」

「妳自然有妳的理由。」

蘇離離垂首想了片刻，有些皺眉，搖頭道：「我要進山。」

木頭說：「那就走吧。」

太陽出來，山路上的泥濘半乾，還有些滑腳，不知名的白色小野花正搖曳著。木頭拉著她往上爬，山梁埡口上的風急而呼嘯，蘇離離辨了辨方向，道：「走左邊。」左邊的半山腰上有一面土坡，正在山腰背風處的彎裡。草色青翠，鬱鬱蔥蔥。慢慢走過去時，便見地上有個大坑，似被新挖開，已冒出一些嫩綠的草苗。

蘇離離在那塊地方左右轉了轉，最後拄著竹杖站在坑邊。站了一會兒，她挑了塊乾淨的地方坐下，望著山下道路的田莊發呆。木頭見她不說話，一撩衣襬，坐到她身旁，輕聲道：「這裡是不是妳父親的墳塋？」

蘇離離搖頭，「不是，我爹是死在這裡，我和程叔把他葬了，沒有留任何標記，我自己都不記得在哪裡了。」她看了大坑一眼，「這裡砌作荒墳，埋的卻是《天子策》。」

木頭默然想了一陣，「是不是妳言語不慎，讓祁鳳翔知道了？」

蘇離離並不憂慮，眉宇之間還有一絲淡然的笑意，「沒有，我沒對他透過半個字。」她想了一會兒，笑了笑，道，「那個東西也沒什麼好。害了我這麼多年，我心裡掛著這件事，總是個羈絆。這樣一丟，我的事也完了。」她站起來，面北跪下磕了一個頭，神色雖淺淡，卻看得木頭一陣難過。

蘇離離望空道：「爹，女兒這些年過得很好。那昏君無道，已為天下人所誅，您在九泉之下可以瞑目了。」

木頭在她身側跪下，也磕頭道：「伯父大人，離離雖無親人，今後我便是她的親人，必定愛她護她，不令她再受顛沛之苦。」

蘇離離轉頭看他，見他神色鄭重，心裡被一陣突來的感動擊中，卻嘻嘻一笑，拉著他的手起來道：「我們這是在發什麼傻，跟演戲似的。」

木頭正色道：「我說的都是真的。」

蘇離離收起笑意。山間空寂，觸目淒清。

木頭牽起她的雙手道：「妳在三年前救了我，我便已定這個心意。姐姐，只要妳是一個人，我必定跟著妳、護著妳。這一年多來我在三字谷，有許多次於夜深人靜時想，哪怕離開谷底會死，能見妳一面也情願。只可惜我若離開谷底，還沒見著妳就死了。」

蘇離離聽著，卻微笑道，「你何時變得這麼多話？」

「言隨心而發。」他捏住她的手，「妳應了我嗎？」

「什麼？」

「這一輩子。」

那將是何種平靜從容而精彩的人生，蘇離離只需遙想，便已心馳神往。她拉起木頭的手，低頭輕吻在他的手背上。這是一種積瀫的感情，在棺材鋪那無數個日夜裡迴旋，在不知所終的地方止不住地思念。因為真摯而厚重，經歷時間而薄發。

她不動聲色，卻心意圓滿，淡淡笑道：「好。」

夏日炎炎，荷花映日，經過一片荷塘時，摘下兩片碩大的荷葉頂在頭上遮陽。傍晚時走到山腳，尋了間破舊的土地廟。木頭在外轉了一圈，捉了兩隻肥肥的山雞，扒毛開膛，如變戲法般摸出一包細鹽抹上，用荷葉包起，敷上泥巴，放到火堆裡烤。

蘇離離奇道：「看不出來你還會這一手。」

「以前在我父王的軍中學的，可惜那時我還小，沒用心去學。」

蘇離離望著天上星漢燦爛，幽幽道：「我小時候都沒怎麼出過門，出來後又東奔西跑……現在想想，什麼也不知道……」她以手支腮望著木頭，「你那時候還有什麼事，說來聽聽？」

木頭用樹枝翻火，想了一陣，「要說過去對什麼人印象最深，其實是祁鳳翔。」

「你們一早就認識？」

木頭道：「認識。在幽州軍中見過，還打了一架，平手。我在那裡待了兩天，跟他說了許多話。」

蘇離離覺得這兩人的話都不多，「你們說了什麼呢？」

木頭添著柴火，「無非男兒功業，戡亂守成之類的。」

他輕飄飄地一句帶過，然而蘇離離又怎不明白。江秋鏑家破人亡，數年來命懸一線，當年再多的豪情壯志，像是蓬勃的火星，不及燃燒已被掐滅。蘇離離挨到他身邊，挽起他的手臂道：「木頭，你心中有憾嗎？」

木頭認真想了一想，道：「說不上來。我父王從前是少林寺的掃地和尚，先帝平亂時，救了先帝，從此便追隨左右，封王拜將。四年前，他在臨死時對我說，當年他離開少林，方丈大師勸他，宦海沉淪，功業彈指，何必去那喧囂浮世，可他沒聽從。直到身敗名裂，才覺得後悔。」

蘇離離仰起臉道：「他既然選了，又何必後悔？就算他繼續待在少林寺掃地，難道就能一輩子心滿意足嗎？」

木頭看著她的面龐，一本正經道：「那也沒什麼，只是我肯定不滿意。」

「為什麼？」

「那就沒我這個人了。」

蘇離離「噗哧」一笑。木頭轉過頭來看向她，她的雙眼映著火光，有種流動的瀲灩。他捧起她的臉緩緩湊近，蘇離離怎會不明白他的用意，不由得端正臉色。待他靠近時，她只覺他的五官在眼前放大得怪異，又忍不住嘻嘻一笑。

木頭幽怨地望著她，蘇離離止了笑後也湊上去。彼此試探地接近，親吻在一起，輕輕熨貼，吮吸，輾轉加深。

不用人教，他已按上她的頭頸，舌頭撬開她的唇。

抱著她親吻，像潛入碧波潭的水底，屏息，卻有溫熱的水從肌膚上流過，緩慢輕盈。蘇離離招架不住，摟住他的腰半是回應，半是承受，只覺這種溫存的觸感使人安心，歡喜，又有些發熱的迷醉。糾纏繚繞的氣息融合在一起，柔軟卻深刻。

良久停下，木頭像從水底透出一口氣，抵在她額上。蘇離離低聲笑道：「雞肉燒糊了。」他笑了一笑，轉頭扒開逐漸熄滅的柴火，將燒硬的兩個泥團扒出來，就火邊敲碎殼子。濃郁的香氣飄出，蘇離離的食欲頓起。

木頭吹涼，撕下一條腿遞給她道：「今天妳生日，我請妳吃雞腿。」

蘇離離錯愕一陣，方想起今天差不多是她的生日，「今天七月初七？」

木頭點頭。蘇離離接過來嗅了嗅，雞肉帶著一股清香，雖不是精細烹調，卻是質樸純粹的做法，讚道：「不錯，看來你深藏不露。今後都由你來做飯了。」

木頭也不推辭，「只要妳吃得下。」

蘇離離當然吃不下，這種野味即時即景地嘗一嘗尚可。天天吃他做的飯，除非萬念俱灰，想戕害生命。

她正待取笑他幾句，山野小道上忽有數十匹騎馬蹄聲疾馳而來，於暮色四合中見著了幾個兵士。

——《蘇記棺材鋪》未完待續——

高寶書版集團
gobooks.com.tw

YE 049
蘇記棺材鋪（上）

作　　者　青　垚
責任編輯　眭榮安
封面設計　半帆煙雨
內頁排版　賴姵均
企　　劃　何嘉雯

發 行 人　朱凱蕾
出　　版　英屬維京群島商高寶國際有限公司台灣分公司
　　　　　Global Group Holdings, Ltd.
地　　址　台北市內湖區洲子街88號3樓
網　　址　gobooks.com.tw
電　　話　(02) 27992788
電　　郵　readers@gobooks.com.tw（讀者服務部）
傳　　真　出版部(02) 27990909　行銷部 (02) 27993088
郵政劃撥　19394552
戶　　名　英屬維京群島商高寶國際有限公司台灣分公司
發　　行　英屬維京群島商高寶國際有限公司台灣分公司
初　　版　2023年7月

國家圖書館出版品預行編目(CIP)資料

蘇記棺材鋪 / 青垚著. -- 初版. -- 臺北市：英屬維京群島商高寶國際有限公司臺灣分公司, 2023.07
　冊；　公分. --

ISBN 978-986-506-697-0(上冊：平裝). --
ISBN 978-986-506-698-7(下冊：平裝). --
ISBN 978-986-506-700-7(全套：平裝)

857.7　　112003558

GOBOOKS
& SITAK
GROUP©